JN233714

新体 シェイクスピア

石川 実 著・訳

慶應義塾大学出版会

はしがき

大学において長いこと、シェイクスピアを題材に、文学論や演劇論を担当してきたのだが、講義の一環として毎年受講生によるシェイクスピア劇の上演を心がけてきた。その際、シェイクスピア劇は、できれば二時間前後の舞台にかけるのが望ましいと考えていた。これは多少の幅は考えられようが、一般の劇場についても言えると思う。今日、折りにふれロンドンなどでも縮約版のシェイクスピア劇が上演されている。シェイクスピア劇には長いせりふが多いので、上演は長時間におよぶ。人間の生理的な面から、また何事もスピーディになっている現代の生活様式からも、短時間に少人数で上演できるシェイクスピア劇の脚本作成を長いこと考えてきた。大学教員として二回目の定年を迎え、時間にゆとりができた時、学生たちと上演した体験をもとに考えたのが、「語り」を導入しての脚本であった。昨今、「ひとり語り」「ひとり芝居」が良く上演されることからも、自然に納得できる今日的な上演手段だと思う。作成にあたっては、努めて原作本来の味わいを生かすよう、充分に時間をかけた。

本書が縮約版シェイクスピア劇の脚本として、また一般の人々にとっては、分かり易く短時間にシェイクスピア劇のエッセンスを楽しめる読み物として、充分に耐え得ることを願っている。
本作品を書き上げて二年余り御蔵にしていたところ、このたび慶應義塾大学出版会のご好意により、ようやく日の目を見ることになった。編集部長の田谷良一氏のご配慮による。心から感謝申し上げる。また、面倒な校正を快くお手伝いいただいた編集部の渡邉絵里子さんには、読者の立場からも有益な助言をいただいた。深くお礼を申し上げる。

平成十四年一月

石川　実

目次

ROMEO AND JULIET

ロミオとジュリエット

◆登場人物

エスカラス　ヴェローナの大公
パリス　青年貴族・大公の親族
モンタギュー
キャピュレット　｝互いに反目する両家の主
ロミオ　モンタギューの息子
マーキューシオゥ　大公の親族・ロミオの友人
ベンヴォーリオゥ　モンタギューの甥・ロミオの友人
修道士・ロレンス　フランシスコ派修道士
バルサザー　ロミオの召使い
パリスの小姓
モンタギュー夫人　モンタギューの妻
キャピュレット夫人　キャピュレットの妻
ジュリエット　キャピュレットの娘
ジュリエットの乳母
ヴェローナの市民・役人たち、両家親族の男女数人、楽士たち、仮面舞踏会の参会者たち、警吏、夜警、召使い・従者たち

＊＊＊　＊＊＊

語り手、花の妖精、木の妖精

◆語りのなかだけの主要な人物

ティボルト　キャピュレット夫人の甥

◇◇◇　◇◇◇

◆場面

ヴェローナ

ひとり語り

花の都ヴェローナの二大名門、モンタギュー家とキャピュレット家の年来の争闘は、今また巷《ちまた》を大騒動にまき込むこととなった。両家の不幸な星の下に生まれたロミオとジュリエットのひたむきな恋が、生命をかけて親達の宿怨《しゅくえん》を葬《ほうむ》る悲しい物語の始まりである。

ロミオは恋を恋する男、ロザラインを絶世の美女とあがめた。片思いに食物も喉を通らず、牢につながれ鞭うたれたような日々をおくっていた。そんなロミオを友人のベンヴォーリオウが心配していた。その矢先、キャピュレット家の仮面舞踏会に、ロミオの恋するロザラインが招待されていることを知った。二人は友人たちと連れ立って、変装してその仮面舞踏会に出席することにした。ロミオはロザラインロザラインに会いたい一心からであった。ベンヴォーリオウははロミオが多くの美女を目にすることで恋の虜《とりこ》から解放されると考えてのことであった。ロミオのように恋を夢見る片思いの青年も、いずれは現実の恋に直面する時が来る。ともすると、一途《いちず》の思いに駆られ、生命《いのち》を賭《か》けるほど思い焦がれるのである。夢見るロミオは、あまねく世界を見わたす太陽ですら、開闢《かいびゃく》以来、ロザラインほどの美女を見た例《ためし》がないと誓っていた。だが、キャピュレット家の仮面舞踏会でジュリエットを目にして息をのんだ。松明《たいまつ》に美しい輝きを教えるばかりに眩《まばゆ》い娘と驚き、今夜この時まで、まことの美女を見てはいなかったと言い放った。このとき、ロミオの情熱はすでに理性の壁を越えていた。松明の輝きに映し出された影のように、不吉な兆《きざし》をひきずっていたのだ。悲しいかな、ロミオの胸騒ぎが早くも現実味をおびてきたのである。ジュリエットとて同じで、不吉な恋と知りながらも、はげしい情熱の虜《とりこ》となっていた。二人は両家の仇敵同士の間柄を、悲しみこそすれ少しも怯《おび》えず、名を棄て家を出ても結ばれたいと、ひたすら互いに恋い焦がれた。青春の悲しくも甘いかおりと抒情に溢れる芝居である。

舞台1　ヴェローナ、街路

ベンヴォーリオウとロミオ登場

ベンヴォーリオウ　キャピュレット家恒例のこの宴には、ヴェローナの美女たち悉《ことごと》くにまじって、
君の恋するロザラインが来るはずだ。
君も行ってぼくが見せる美人と彼女の顔とを
公平に見給え、君にとっての白鳥が、
まるで烏に見えるだろうよ。

ロミオ　ぼくの恋人よりもきれいな女《ひと》だと？
あまねく世界を見わたす太陽でさえ、

開闢《かいびゃく》以来、あの女《ひと》ほどの美人を
見た例《ためし》がないはずだ。

ベンヴォーリオウ　ふん！　君はそばに
ほかの美女が誰も居ないので
彼女だけが美人に見えたのだ。
彼女だけが君の両眼に映り比べられていたのだ。だが君の
そのふたつの水晶の秤皿《はかりざら》の、
ひとつには君の恋人を、もうひとつには
ぼくが見せる今宵《こよい》の宴の花、
別の娘を載《の》せて秤《はか》り比べて見給え。
一番と思えるその女《ひと》が、
ほどほどに見えれば上出来だろうよ。

ロミオ　行くよ、
だがそんな美人を見せてもらう為ではない。
ぼくの恋人の華やかさ、それを楽しむためにだ。（退場）

舞台2　街路

ロミオ、マーキューシオウ、ベンヴォーリオウ、仮面舞踏会参加者数人、松明を持ち登場

ロミオ　どうする？　この口上で言いつくろうのがよいか、
それとも断わりなしで乗り込むとするか？

ベンヴォーリオウ　くどい申し開きはもう時代おくれだ。
俺たちをどう思おうと先方《さき》さまの勝手。
こっちはいっしょに踊り踊って、さっとひきあげよう。

ロミオ　ぼくに松明《たいまつ》をくれ、踊れる気分ではない。
心が暗いのだから、明かり持ちになるのが似合いだよ。

マーキューシオウ　それはだめだよ、ロミオ、……
君にはどうあっても踊ってもらわなくては。

ベンヴォーリオウ　さあ、ノックして入ろう。いいね、
入ったらすぐにみんなで踊りだすことだ。……
晩餐もすんだころ、もうおそ過ぎるかもしれない。

ロミオ　早すぎるかもしれない。というのは何か胸騒ぎが
するのだ。まだ運命の星にかかっているある大事が、
今夜この宴とともに動きだし、この胸に囲われ、
なおざりにされた生命の期限を、不慮の死という
卑怯な刑罰で、期限切れだと迫るんではないかと。
だが我が人生の舵取《かじと》りをなさる御方《おんかた》よ、
航路を開きたまえ。さあ行こう、意気盛んな諸君。

ベンヴォーリオウ　打て、太鼓を！（一同舞台を行進、退場）

舞台3　キャピュレット家のホールの一隅、仮面舞踏会のなかにロミオたちが居る

ロミオ　（上手を見ながら給仕人に）むこうの騎士の

手を取る気品ある
あのご婦人はどなたかね。
給仕人　存じませんが。
ロミオ　おお、あの娘《こ》は松明《たいまつ》に光り輝く術《すべ》を
教えているではないか！
夜の頬を飾るあの姿は、まるで黒人の耳に光る
眩《まばゆ》い宝石だ。
ふだん用にはあまりに華麗、この世のものには
あまりにもったいない。
あの娘《こ》が友達のなかに際立つさまは、
雪のように白い鳩が、烏の群れにいるようだ。
踊りがすんだら、あの娘《こ》の行方《ゆくえ》を見きわめて、
あの手にこのがさつな手が触れる仕合わせがほしい。
わたしはこれまで恋をしたことがあるのだろうか。
わが目よ、ないと言え。
この夜までまことの美人を見てはいなかったのだ。

男女何組かが踊りながら登場、そのなかにジュリエット

ロミオ　（ジュリエットに）もしわたしのこの賤《いや》しい手が
あなたの聖堂を汚すのであれば、
もっと優《やさ》しい罪の口づけで、その償《つぐな》いいたします。
この通り、わたしのこの唇、二人のはにかむ巡礼が、
手荒に触れた痕《あと》を
優しくぬぐうために控えております。
ジュリエット　巡礼さま、それはお手に対して
あまりにひどいお言葉、
このようにお行儀のよい信心深さを見せておりますのに。
もともと聖者の手は、巡礼たちの手が触れるためにあり、
手と手と触れ合わすのが巡礼たちの歓びの口づけですわ。
ロミオ　でも聖者にも巡礼にも唇がありましょう？
ジュリエット　はい、巡礼さま、お祈りに使う唇ですわ。
ロミオ　それなら私の聖女よ、
手が為すことを唇にも為させたまえ！
信仰が絶望に変らぬよう唇は祈ります。
ジュリエット　聖者の心は動きません、
たとえ祈りを聞きいれても。
ロミオ　では動かないで。私の祈りが実を結ぶあいだ。
こうして私の唇はあなたの唇で罪を浄《きよ》められます。
（口づけする）
ジュリエット　では拭《ぬぐ》われた罪はわたくしの唇にあるわ。
ロミオ　わたしの唇からの罪？
おおなんとやさしい罪のおねだり。
ではその罪をわたしにお返しなさい。（口づけする）
ジュリエット　まあ、わたくしの言葉そのままに

口づけなさるわ。
乳母　お嬢様、お母様がすぐにも
お話しなさりたいそうです。
ロミオ　だれです、そのお母様とは？
乳母　　まあ、お若い方、
この家の奥方さまですよ。
お優しくて、ご聡明で、お徳の高い奥方さまなのよ。
私はあなたがお話しなさっていたお嬢様の
乳母でございますよ。
言っておきますけど、お嬢様を手に入れる方は
財産もたんまりですよ。
ロミオ　なんと、あの娘《こ》がキャピュレット家の娘《むすめ》だと？
おお、これは飛びきり高い請求書だ！
わが生命《いのち》は敵《かたき》に負う借財となった。
ベンヴォーリオウ　さあ帰ろう、楽しみもここらが極《きわ》まる
ときだ。
ロミオ　そうだ、それでぼくの不安は極《きわ》まりないようだ。
（ジュリエットと乳母のほか、一同退場）
ジュリエット　ねえ、ちょっと来て、ばあや。あの方はど
なた？
乳母　タイビーリオ様の跡とり息子さんですよ。
ジュリエット　今、あの戸口を出て行かれる方は？
乳母　たしか、ペトルーシオ様の若主人でございましょう。
ジュリエット　その後を行く方、踊ろうとなさらなかった
方は？
乳母　存じませんねえ。
ジュリエット　行ってお名前をうかがって来て。——もし
結婚なさっている方なら、
お墓がわたくしの新床《にいどこ》となりそうだわ。
乳母　名前はロミオ、モンタギュー家の、
あの憎い敵《かたき》の家に生まれた一人息子です。
ジュリエット　たった一つの私の愛が、たった一つの私の
憎しみから芽生えるとは！
あまりに早く、知らずにお会いして、知った時には、
もう遅《おそ》すぎるわ！
憎い敵《かたき》のお人を愛さなければならないとは、
この身に不吉に生まれた恋なのでしょう。
乳母　何のこと？　それは？
ジュリエット　歌の文句よ、つい先ほど
一緒に踊った方から習ったばかりなの。
（奥からの声、「ジュリエット！」）
乳母　　はい、はい、ただいますぐに。
さあ、参りましょう。お客様方はもう皆さんお帰りです。
（退場）

ひとり語り

ロミオは美しいジュリエットに会うと、ロザラインに対するかつての情熱をすっかり失ってしまった。まるで友人ベンヴォーリオゥの考えた通りであった。しかし、ロミオの仲間たちは、ロミオが宴のあと、ロザラインのもとへ走ったと早合点して、ロミオを残して立ち去った。ロミオとジュリエットはと言えば、互いの姿に魅せられ、今や思い思われる二人ながら、敵《かたき》同士の家に生まれた不幸を嘆いた。逢瀬《おうせ》を楽しむ術《すべ》もなく、苦しむばかりであった。だが、恋の情熱が力となり、時が手だてを与え、並ならぬ歓びが並ならぬ困難をやわらげ克服するのであった。

舞台4　ロミオはキャピュレット家の庭園の木陰に潜み、ジュリエットは二階舞台の窓際に立つ

ロミオ　まて、あの窓からさす光りは何だろう？
方角は東、とすればジュリエットは太陽だ！……
わが姫！　おおぼくの恋人だ！
ああ、この思い彼女に分かってもらいたい！
何か話そうとしている、いや、何も言わない。
それはかまわぬ。
あの目が語りかけている、それに答えようか。
いや、それはあまりに大胆すぎる。……
見よ、あの片手で頬《ほお》を支えている姿！
ああ、あの片手の手袋でありたい、
そしてあの頬《ほお》に触れたい！

ジュリエット　ああ。

ロミオ　なにか口走《くちばし》っている。
おお、輝く天使よ、もういちど口を利《き》いてくれ、
君はわが頭上にあって、翼もつ天使そのままに
この闇夜《やみよ》を照らし輝いているのだから。
光り輝くかの天使が、ゆるく流れる雲に跨《またが》り、
天空を帆走するとき、空ふり仰ぐ人間どもの
驚異の眼《まなこ》に映るあのお姿そのままだ。

ジュリエット　おお、ロミオ、ロミオ、
なぜあなたはロミオなの？
お父様との縁を切り、あなたのお名をお棄て下さい。
おいやなら、わたしの恋人とお誓いになって。
そうなされば、わたしはもうキャピュレットではございません。

ロミオ　（傍白）もっと聞いていようか、
それともここで話しかけようか？

ジュリエット　わたしの敵《かたき》はあなたのお名前だけ、
モンタギューの名がなくともあなたはあなた。

モンタギューが何かしら？
それは手でも足でも腕でも顔でもなく、
また人のからだのどの部分でもないわ。
ああ、何か外のお名前になって！
名前が何かしら？
薔薇《ばら》と呼ばれる花を外の名にかえても、
同じようにかぐわしいことよ。
それで、ロミオがロミオと呼ばれなくても、
お名前にかかわりなくあのお人の気品の
完璧《かんぺき》なことにかかわりはないはずよ。ロミオ、
あなたとは何のかかわりもないその名をお棄てになり、
代りにわたくしのすべてをうけ取ってほしいの。

ロミオ　お言葉どおりにうけとりましょう。
ただ恋人とだけ呼んでくだされば、
あらたに洗礼をうけましょう。
これからは決してロミオではありません。

ジュリエット　まあどなた、闇夜にかくれ、
通りがかりにこの胸の思いをお聞きになったあなたは？

ロミオ　　　ぼくが誰なのか、
どんな名でお答えしたらよいのかわかりません。
聖なるお方よ、ぼくの名は自分でも憎いのです。
それがあなたの敵《かたき》ですから。
書いてあるものなら、その文字を引き裂《さ》きます。

ジュリエット　わたくしの耳はあなたのお口から出たお言葉をまだ百とは呑《の》みこんでおりませんが、
そのお声はわかります。
あなたはロミオ様ではございません？
そしてモンタギュー様でしょう？

ロミオ　いいえ、あなたのお気に召さぬのなら、
そのどちらでもありません。

ジュリエット　まあ、どのようにしてここに？
また何のために？
庭の塀は高く、乗り越えるのは困難よ。
それにあなたのお身許《みもと》を考えれば、もしこの家の者に
見つかれば死も同然の所ですのに。

ロミオ　軽《かろ》やかな恋の翼で塀を飛び越えたのです。
石垣などで恋を閉め出すことは出来ないし、
恋は力の及ぶ限り、何でもやってのけるのです。
それゆえ、この家の者がどうしてぼくを
止められましょう。

ジュリエット　でも見つかれば殺されます。

ロミオ　ああ、彼らの二十本の剣よりも、
あなたの目のほうがよほど怖《こわ》い！
あなたが優しい目を

向けて下さるなら、
彼らの敵意など、物の数《かず》ではありません。
ジュリエット　此処で見つかるのは何がなんでも
絶対にいやです。
ロミオ　見つからぬよう闇の衣をまとっています。
でも愛していただけないなら、
いっそここで見つかるがいい。
あなたの愛なく生き長らえるよりは、
彼らの憎しみで死んだほうがましです。……
ジュリエット　ほんとうに、優しいモンタギュー様、
わたくしは愚かしいほどに
あなたが好き、それでわたくしの端《はした》ない振るまいと
お思いになるかも知れないわ。でも信じて下さい、
口先ばかりが長《た》けてお上品な方々よりも、はるかに
真心こめて尽くします。本当の話、この胸の熱い思い、
わたくしの知らないうちにお聞きにならなかったら、
わたくしだってもっと
お上品に取り澄ましていたでしょうに。
だから、どうぞこれを
浮《う》わついた恋心などとおとりにならないで。
夜の闇に欺かれて明るみに出てしまったのです。……
奥で呼んでいるわ、なにかしら。いとしい方、少しだけ
のおいとま、お願いね。（奥で乳母の呼ぶ声）
はーい、すぐに行くわ、ばあや！
優しいモンタギュー様、心変わりはいやよ。
少しお待ちになって、すぐに戻ります。　（退場）
ロミオ　おおなんとしあわせな夜！　夜だから
気がかりだ、これがすべて夢ではないかと。
あまりにも甘《あま》いこの嬉しさ、本物とも思えない。

ジュリエットふたたび登場

ジュリエット　ロミオ様、ほんの一言だけで、
今宵《こよい》はほんとうにおいとまします。
もしあなたの愛がまことの心なら、そして
結婚をお考え下さるなら、明日あなたの許《もと》へ
人をやりますから、どこでいつお式をあげるおつもりか、
その者にお知らせ下さい。
わたくしはわたくしのもの一切をあなたに捧げて、
世界中どこへなりとあなたに従い、ついて参ります。
乳母　（奥で）お嬢さま！
ジュリエット　行くわ、すぐに。——
でもただの出来心でしたら、
お願いです、
乳母　（奥で）お嬢さま！

ジュリエット　すぐに行くわ。――
もうわたくしにおかかわりにならず、悲しむわたくしを
　そっとしておいて下さい。
明日、使いをやります。
ロミオ　　ぼくの魂をかけます。
ジュリエット　おやすみなさい、一千倍も安らかに！
（退場）
ロミオ　一千倍も気懸《きが》かりな夜、あなたの輝きが
見えぬいま！
恋人に会うとき、心は弾《はず》み華やいで下校する生徒のよう、
だが別れは重苦しく不承不承《ふしょうぶしょう》に登校する生徒のようだ。

ジュリエットふたたび登場

ジュリエット　もし！　ロミオ様、もし！
ああ、雄鷹《おたか》を呼び戻すという
あの鷹匠《たかじょう》の声が欲しい！　自由のない保護に甘んじ、
声は掠《かす》れ、大きな声で話すことも出来ないの、
ほんとうなら、〝わたしのロミオ〟と繰り返し呼んで、
山彦の住む洞窟をつん裂き、空間にこだまするその声が
わたくし以上に掠《かす》れるまで叫びたいの！
ロミオ　ぼくの名を呼んでいるのは、まさにぼくの魂。
夜の闇にひびく恋人の声は白銀の鈴、
なんという優しい美しさ、
耳を済ませば妙《たえ》なる楽の音だ！
ジュリエット　ロミオ！
ロミオ　　ああ、ぼくの恋人？
ジュリエット　明日は何時に
使いをやりましょう？
ロミオ　　九時頃に。
ジュリエット　必ずそういたします。
それまで、まるで二十年もあるように思えます。
あら、何のためにお呼びとめしたのか、
忘れてしまいました。
ロミオ　ではあなたが思い出すまで、
ここに立って待ちましょう。
ジュリエット　忘れたままでおりましょう。いつまでもあ
　なたがここに居て下さるように。
あなたと一緒にいる嬉しさで胸が一杯なの。
ロミオ　ではあなたがいつまでも忘れているように、いつ
　までもぼくはここにおりましょう、
ここの外に家のあることなど忘れたままで。
ジュリエット　もう朝です。あなたに帰ってもらいたい、
けれど遠くへはいやなの。いたずらっこの小鳥のように、
ちょっと放してもらえるけれど、足枷《あしかせ》はめられ繋《つな》がれて、

絹の紐《ひも》で引き戻されるのよ、
愛が小鳥の自由をねたむから。

ロミオ　あなたの小鳥に、ぼくはなりたい。

ジュリエット　愛しい方、わたくしもそう願いたいの。

でも、可愛がりすぎて殺してしまうかもしれないわ。

おやすみ、おやすみなさい！

別れは無性《むしょう》に甘く切ないもの、
だから朝になるまでおやすみなさいと言いましょう。

（退場）

ロミオ　あなたの目には眠り、胸には平安があれ！

ああ、ぼくはその眠りと平安に成り変わり、
甘くやさしい憩《いこ》いにつきたい！

さあ、これから神父様の庵《いおり》を訪ねてご助力を願い、
この身の幸運をお知らせしよう。

（退場）

ふたり語り　バックグラウンド・ミュージックのなか、花の妖精と木の妖精が互いに行き交うように、舞台奥から前面にキャツウォークよろしく、きびきびと歩きながら語る
花の妖精　ロミオは修道士ロレンスにジュリエットとの結婚について助けを求めることにした。

木の妖精　修道士ロレンスは大地は自然の母であり、同時に自然の墓場と言う。

花の妖精　また、この世に在るもの、どんなに有害と思われても、何らかの益とならぬものはないと言う。

木の妖精　そしてどれほど良いものも、正しい用法を誤れば悪となり、濫用のはて、美徳も悪徳に転ずると言う。

花の妖精　か弱い花のやわらかい外皮に、毒も潜《ひそ》めば薬効も隠されていると言う。

木の妖精　人間にも恵みの心と惨《むご》い心が同時に宿ると言う。

花の妖精　修道士ロレンスは、ロミオのロザラインからジュリエットへの心変わりを不実な恋と責めたてる。

木の妖精　だが両家の確執《かくしつ》をまことの愛に転ずる切っ掛けと、ふたりの縁をとりもつことと相成った。

ひとり語り
修道士ロレンスの仲だちで、密《ひそ》かに婚礼の式を挙げた二人は、愛の歓びに浸《ひた》っていた。そのようなときに、ロミオは、ジュリエットが誰よりも信頼していた従兄のティボルトから、決闘を仕掛けられた。ロミオはもちろん公然と言うのを憚《はば》かりながらも、今はティボルトとは姻戚の間柄、ひたすら屈辱に耐えて和解を求めた。だが、

その善意がかえってティボルトとマーキューシオゥの諍《いさかい》を激化させてしまった。そして遂には無二の親友、マーキューシオゥの死をもたらす結果となった。ロミオはこうして悲劇の淵《ふち》へと転落し始めた。ジュリエットの美しさに魅せられ、気抜けして寛大にでたわが身の腑甲《ふが》斐《い》なさと嘆いた。もう我慢がならずに、激怒したロミオは報復の刃《やいば》をふるった。ティボルトは刺し殺された。

舞台5　争闘シーンを象徴するはげしい舞踊・大公、従者とともに登場。モンタギュー、キャピュレットそれぞれ妻をともない登場、またその他の者たちも登場

大公　この争闘を起した不埒者《ふらちもの》はいずれにいる？

ベンヴォーリオゥ　おお、大公閣下、
この命取りの諍《いさかい》となった
不運な事件の顛末《てんまつ》は私が申しあげます。
そこに倒れておりますのは、ロミオに殺された男、
閣下のお身内の果敢なるマーキューシオゥを
殺した者でございます。

キャピュレット夫人　ティボルト、わたくしの身内、
兄上の子！
おお大公様！　ああティボルト！　ねえあなた、
わたくしの大切な身内の血が流されました！
公正な大公様、わたくしども一族の血には、
どうかモンタギューの血でお償《つぐな》い下さいますように！
おお、わたくしの甥のティボルト！

大公　ベンヴォーリオゥ、誰だ、この血みどろの争いを、
はじめに挑《いど》んだ者は？

ベンヴォーリオゥ　ティボルトです、ここに死んでおります。ロミオに殺されました。
ロミオは穏《おだ》やかに話し、喧嘩などどれほどつまらないか、
また閣下のお怒りを買うことも考えるよう促しました。
しかも言葉静かに、丁寧な物腰で、
膝をも屈して話したのですが、
和解に耳を貸さぬティボルトの、
御《ぎょ》し難い怒りを和《やわ》らげることはできず、
かえって意気盛んなマーキューシオゥの胸元《むなもと》めがけて
さっと抜き身を突き付けたのであります。
血気にはやるマーキューシオゥもまた刃《は》には刃《は》、
小癪《こしゃく》なやつと
氷の刃《やいば》を片手で払い、別の片手で斬り返せば、
ティボルトがまた
それを突き返すのです。その時ロミオが、
「待て、二人とも！　止めろ」と
大声で叫ぶなり、その声より早い手捌《てさばき》で、

二人の刃《やいば》をたたき落し、すぐさま二人のなかに
割り込んだのです。するとその腕下の隙《すき》をくぐって
ティボルトの恨みの一突きが、豪勇の人マーキューシオ
ゥの命を射止めてしまったのです。
ティボルトはいったんは逃げましたが、
すぐにロミオの前に戻りました。
今や復讐心に火がついたロミオです。
二人は稲妻のように斬り合いをはじめ、私が剣を抜き
二人を分ける暇もなく、強豪ティボルトが倒されました。
それを見たロミオは踵《くびす》を返し逃げ去ったのであります。
これが真相であることに、ベンヴォーリオゥは生命をか
けております。

キャピュレット夫人　この人はモンタギュー家一族の
者です。
身贔屓《みびいき》からの嘘《うそ》で、本当の事を言っておりません。
このおぞましい争いには二十人ほどの者が加わり、
その二十人が寄ってたかって一人を殺したのです。
公正なお裁きを、どうぞ大公様、公正なお裁きを是非に
お願いします。
ロミオがティボルトを殺したのです。ロミオを生かして
おくわけにはまいりません。

大公　ロミオは彼を殺した、彼はマーキューシオゥを殺し
た、
その血の償いは誰が負うのか？

モンタギュー　閣下、ロミオではありません。あれはマー
キューシオゥの親友でした。
あれの犯した過失は、本来なら国法が絶つはずの
ティボルトの命に結末をつけたまでのことです。

大公　その罪に対し、
彼をこの地より即刻追放とする。
そなた達のこの憎しみの顚末《てんまつ》については、
実はわしも一枚かんでいることになる。
つまりそなた達のこの騒乱に、
わしの血も流されているのだ。
わしはそなた達に重罰を科する所存だ。
そなた達がここに散ったわしの血をともに
悔いるようにだ。
嘆願も言い訳もいっさい聞かぬ。
涙も祈りも罪を消すことにはならぬのだ。
左様なものはいっさい罷《まか》り成らぬ。ロミオはすぐさまこ
こを立ち退くべし。
万一発見されれば、それが最後と思うのだ。
この死骸を運び出し、わしの命令を待つがよい。
人殺しを許す慈悲は殺人に与《くみ》するということになるのだ。

（一同退場）

ひとり語り

ロミオにとってジュリエットの住むヴェローナのほかに世界はなかった。ヴェローナからの追放とは、死刑の別名だと泣き喚《わめ》くのであった。生を呪い地を呪い天を呪い、自殺も辞さぬかまえのロミオであった。いっぽうではジュリエットもティボルトが死にロミオが追放されてわが身は死んだも同然と泣き伏していた。だが気をとりなおして、今を生きようと考えた。ロレンスと乳母とに励まされて、ロミオ早立ちの前夜、手はず通りに縄ばしごを使ってロミオを迎えいれ婚礼の夜を過ごしたのである。ロレンスの心づもりはロミオがマンチュアに発った後、折をみて二人の婚礼を発表し、大公の赦しを得、ロミオを呼び戻すということであった。

一方ジュリエットの父キャピュレットは、かねがねジュリエットと青年貴族パリスとの縁談を考えていた。そこでこの騒ぎのなか、急遽《きゅうきょ》二人の婚礼の日取りをとりきめるのが得策《とくさく》と考えた。ジュリエットがこれに応じなかったのは言うも愚かだが、果して解決の手立てはあるのだろうか。父と母、さてはたった一人の味方であった乳母にまで、気のすすまぬ婚礼を強いられたジュリエットは、ロレンス神父に助けを求めた。パリスとの結婚は、命にかえても逃れたいと言うジュリエットであった。そこでロレンスから提案された一計《いっけい》は、文字通りに命懸けのものであった。

それは表向きにはお父上の言いつけに背いたことにお許しを乞い、パリス伯との結婚を承知しなさいということであった。そして薬液の入った瓶を渡して言った、婚礼の前夜には乳母をも遠ざけてひとりでやすむことにし、床につく前に薬液をいっきに飲みほしなさいと。——するとジュリエットの血管中を冷たい眠りを誘う薬液が流れ、脈拍も呼吸も止まり、体は冷たく硬《こわ》ばり、瞼は閉じられ、唇と頰は色を失い、四十二時間まるで死人のような状態に陥る。そして四十二時間が経てば、ジュリエットは爽《さわ》やかに目覚め、息を吹き返すというのである。

こうしてパリスとの婚礼の朝、ジュリエットは息絶えて発見されることになった。にわかにふりかかった悲しみと、祝儀が一転して葬儀となってしまった騒ぎにキャピュレット家はうろたえた。やむなくジュリエットは、習慣に従って晴れ着に飾られて、キャピュレット家の墓所に運ばれたのである。

その間にロレンスはロミオに手紙を届けて委細を知らせて、墓所でロミオとともにジュリエットの目覚めるのを待つ段取りになっていた。そしてジュリエットはようやく願いが叶い、ロミオと共にマンチュアへ行くはずであった。しかし「運命の車輪」の急降下は止められなかった。ロレンスがマンチュアに遣《つか》わした修道士ジョンが足止めをくってしまったのだ。恐ろしい伝染病患者のでた家に居合わせたという嫌疑をかけられたのである。不運にもロミオのもとに先ず行き着いたのは、ジュリエットの野辺送りを目にしたモンタギュー家の、そしてロミオの近習《きんじゅう》の召使い、バルサザーであった。ジュリエット突然の死の報告をうけたロミオは、マンチュアの貧乏薬屋から毒薬を手に入れた。そして直ちに馬を駆り、キャピュレット家の墓所へと急いだのであった。地下霊《れい》廟《びょう》をこじ開けようとした時、折から花を手向《たむ》けに訪れていたパリスに咎《とが》められた。暗がりでの争い、二人は互いに顔も見えずに斬り合いとなった。倒されたのはパリスであった。ロミオは不幸な運命のリストにのったパリスをも葬ることになった。地下の霊廟《れいびょう》に入ってみれば、なんとジュリエットの亡骸《なきがら》が暗所を照らすように映っていた。松明《たいまつ》に光り輝く術《すべ》を教えていたジュリエットの姿が、そして月光を凌《しの》ぐ程に、高窓に日の射すように輝くジュリエットの姿が、ロミオに甦《よみがえ》ったに違いない。

舞台6　キャピュレット家霊廟の前

ロミオとパリスの斬り合いを木かげからパリスの小姓が見て叫ぶ

小姓　あっ、大変だ、斬り合いになる！
夜警を呼びにいこう。（退場）

パリス　うっ、やられた！（倒れる）
おまえに情があるなら、
墓を開けてジュリエットのそばに寝かせてくれ。（死ぬ）

ロミオ　よしっ、わかった。だが顔を見せろ。
マーキューシオゥの身内、パリス伯爵とは！
あの召使い何とか言ったな、
馬を駆りながらで気が動転して
しっかりと聞かなかったのだが？
パリスがジュリエットと
結婚することになっていたとか言った気がする。
そうではなかったのか、
それともそんな夢をみたのだろうか？
でなければ気が変になったんだろうか、
ジュリエットと聞いただけで
そう思い込んでしまうとは？　おお、その手をくれ、
仲直りだ、不幸な運命のリストに
この身と共に名を記された者よ！

おまえを栄光の墓に葬ってやる。
墓だと？　いや、そうではない、
天窓《てんまど》がある、倒された若者よ、
ここにジュリエットが眠っているのだから、
そしてその美しさでこの霊廟《れいびょう》は光りに溢れる
宴の広間となっているのだ。
死人よ、ここに眠れ、
やはり死人であるこの身が葬ってやるのだ。
（パリスを墓に横たえる）

人が死にのぞんで陽気になることが、
何とよくあるのだろう！
介添人《かいぞえにん》はこれを死に際《ぎわ》の稲妻と呼んでいる。
ああ、どうしてこれを稲妻とよべよう？
ああ、わが恋人、わが妻よ！
君の息の蜜を吸い取ってしまった死神《しにがみ》の力も、
まだ君の美しさにまではおよんでいない。
まだ君は征服されてはいない。美の旗印は
いまも君の唇と頬とを深紅に染めている、
死神の蒼白《あおじろ》い旗はまだそこには掲《かか》げられてはいないのだ。
ティボルト、おまえもそこに寝ておるのか、
血塗《ちぬ》られたシーツにくるまって？
おお、これに勝《まさ》る供養をおまえにしてやれるだろうか、

おまえの青春を真二つに引き裂いたこの同じ手で、
おまえの敵《かたき》であったこの身の青春を引き裂いてやるのだ。
許してくれ、従兄《いとこ》よ！　ああ、可愛《かわい》いジュリエット、
なぜ君は今もそんなに美しいのか？　あの死神までが
君に惚《ほ》れこんでしまったというのか？
あの痩《や》せっぽちの汚らわしい怪物めが、おのれの情婦と
君をこの暗闇に囲《かこ》っておこうというのか？
それならこの身もいつまでも君の許に残り、
ふたたびこの暗闇の宮殿から出ては行かぬ。
君の侍女たちである蛆虫《うじむし》どもと一緒にここに居よう。
そうだ、ここにわが永遠の安息の座を据えるのだ。
そして不幸な星の軛《くびき》を、憂き世に疲れはてた
この肉体から取りはずすのだ。
眼よ、最後の見おさめだ。
腕よ、最後の抱擁だ。そして唇よ、息吸う戸口よ、
法に適《かな》う正しい口づけの封印だ。
まるごと買い占《し》める死神との永久証文《しょうもん》に！
さあ、ここへ、苦《にが》い先導役よ、
さあ、ここへ、うまくもない案内役よ！
そしていのち知らずの船長よ、波にもまれ
疲れはてたこの舟を、いますぐ岩に乗りあげて、
こっぱ微塵《みじん》に打ち砕くのだ！

さあ、これを愛する君の為に！　（毒を飲む）
おお、正直な薬屋だ！
おまえの薬は効《き》き目が早いぞ。
そう、口づけがわが死出《しで》の旅！　（倒れて死ぬ）

修道士ロレンス提灯《ちょうちん》、鶴嘴《つるはし》、鋤《すき》をもって登場

ロレンス　聖フランシスさまのお護りあれ！
こよいいくたび、
老いたこの足が墓につまづいたことか！　だれだ？
バルサザー　お味方のものです。あなた様に馴染《なじ》みのもの
でございます。
ロレンス　よかった、お前だったのか。ところで何だ、
むこうの松明《たいまつ》は？　うじ虫や、眼球の無い髑髏《どくろ》をぼんや
り照らしておる、
あれはキャピュレット家の霊廟で
燃えているようだが。
バルサザー　さようでございます。聖人《しょうにん》様、そこにあな
たさまにかわいがられております
わたしの主《あるじ》がいるのでございます。
ロレンス　主《あるじ》とは？
バルサザー　ロミオ様でございます。
ロレンス　それで、いつからそこに？
バルサザー　三十分はゆうに。
ロレンス　ではいっしょに霊廟《れいびょう》まで来てくれ。
バルサザー　いいえ、とても。
主《あるじ》はわたしがここから立ち去ったものと思っております。
ここに居残り主のすることを見たりしたら、
生命はないぞと凄《すご》んでおりましたから。
ロレンス　それならよい、わし一人で行こう。
何やら心が騒ぐ、
おお、何かひどく不吉な事が起るのではないだろうか。
バルサザー　この櫟《いちい》の木の下でひと眠りしていたら、
わたしの主《あるじ》が誰かと斬り合いを始めて
相手を刺し殺してしまった夢を見たんです。
ロレンス　ロミオ！
あれっ、この血はどうしたのだ、霊廟の入口までの
石が血で汚《よご》れている。どうしたというのだ、
血糊《ちのり》がべっとりついた、主《あるじ》のない剣が二本、
あろうことかこのやすらぎの場にうち捨てられておる。
（墓に入る）
ロミオだ、おお真青《まっさお》で！　もう一人は？
なんとパリス殿もか、
血に染まって？　おお、なんと惨《むご》い時の流れ、
この悲しい出来事をひきおこしたのはおまえだ！

あ、お嬢様が眼をさます。（ジュリエット眼覚める）

ジュリエット　おお、お情《なさ》け深い聖人《しようにん》様、
あの方はどこに？
わたくし、どこにおかれているのか
よくわかっております。
いまそこにいるのね。わたくしのロミオはどこに？

ロレンス　人の声がするようだ。
さ、お嬢様、お出でなされ、
その死と疫病と奇怪な眠りからぬけでるのです。
わたしどもに、阻《はば》むことの出来ない大きな力が、
わたしどものもくろみを台無しにしてしまった。
さ、早くお出でなされ、
お前さまの夫は、それ、お前さまの胸のなかに
倒れて死んでおる、
そしてパリス殿もだ。さ、早く、お前さまは
尼となって修道女の教団にいれていただこう。
何も聞かずにすぐ出よう、夜警が来る。
さ、行くのだ、ジュリエット。もうここにはおれぬ。

ジュリエット　行って下さい、おひとりで。
（ロレンス退場）
わたくしはいや。
ここに何かが？　杯が、愛《いと》しい人の手に
しっかり握られて。
わかった、あの人の時ならぬ最期は毒薬だったんだわ。
まあ、ひどい、全部飲んでしまうなんて！
あとを追うわたくしのために、
一滴も残してくれなかったわ。
口づけだわ、あなたの唇に。まだ毒がついているかも
しれないから。死んでお伴ができる、手っ取り早い薬に
なるわ。（口づけする）
まだあたたかい、あなたの唇！

夜警隊長　（奥で）案内しろ、どっちだ？

ジュリエット　あっ、人の声がする。で、手早《てばや》にしなければ。おお、ありがたいこの短剣。（ロミオの剣を手に取る）この身体《からだ》が、お前さまの鞘《さや》となる、ここに収《おさ》まりわたくしを死なせて。（自分を刺し、ロミオに折りかさなって倒れて死ぬ。悲愴な音楽と騒ぎたてる群衆の声）

エピローグ

モンタギューとキャピュレット両家の反目のなか、二人はあまりにも性急に、あまりにもはげしい恋の歓びに酔い、深く重いはずの死もまた青春のエネルギーの歯止めとはならず、光った瞬間に消えてしまう稲妻のように燃えつきてしまいました。

生命《いのち》を賭《か》けて深い愛を貫きとおした二人の若者のいた

ましい死によって、ようやく親たちの憎しみも埋《う》まり、両家の和解の証《あかし》に、二人の純金の夫婦像《めおと》がヴェローナに建立《こんりゅう》されることになりました。とは言え、太陽も悲しさゆえにその顔を見せません。甘く切ない純愛物語、ロミオとジュリエットにかかわるほどの悲しい物語は、ほかに類がありません。

THE MERCHANT OF VENICE

ヴェニスの商人

◆**登場人物**
ヴェニスの公爵
アントウニオウ　ヴェニスの商人
バッサーニオウ　アントウニオウの友人
グラシアーノウ　アントウニオウとバッサーニオウの友人
シャイロック　資産家のユダヤ人
ポーシア　ベルモントの貴婦人・資産家の女相続人
ネリッサ　ポーシアの侍女
ヴェニスの高官たち、法廷の役人たち・書記、楽士、牢番、召使い・従者たち

＊＊＊　　＊＊＊

語り手
◆語りのなかだけの主要な登場人物
スラーニオウ
スレリオウ　｝アントウニオウとバッサーニオウの友人
ロレンゾウ　ジェシカの恋人
ジェシカ　シャイロックの娘

◇◇◇　　◇◇◇

◆**場面**
ヴェニスおよびポーシア邸のあるベルモント

ひとり語り

海の女王と呼ばれたヴェニスは当代随一の公国として地中海の覇権を握り、海運業、商業、金融業などで華やかに栄えていた。海運商人であったアントウニオウは敬虔なクリスチャンで手広く商売をして繁盛していた。クリスチャンは利息をとって金銭を貸すことを嫌っていたから、アントウニオウは困っている人々には無利子で気前よく金繰《かねぐ》りに応じていた。当時も金融業そのものはすでに合法的に認められていたのだが、ヴェニスには悪名高いシャイロックというユダヤ人高利貸がいた。アントウニオウとシャイロックの反目は、キリスト教徒とユダヤ教徒のいがみ合いであったことは言うも愚かであろう。そんな或る日のこと、アントウニオウは無二の友人、バッサーニオウの結婚資金の工面に手を貸すことになった。当時は美徳と美貌と財産が花嫁の条件と考えるのがごく当り前の世の中であったので、バッサーニオウがベルモントの資産家の美しい娘ポーシァにひかれたのはまことに当然であった。だが、バッサーニオウはその金繰りに困り、アントウニオウに相談することにした。もちろんそれまでの派手な浪費生活から積《つも》り積った借金の返済にもその結婚が好都合であることなど、一切をつつみ隠さずに話すことにした。しかし大切なのはバッサーニオウの心には、ポーシァ自身に備わるしとやかな気品への憧れ、理想の女性に対するひたむきな愛、その為に自分のもてるすべてを捧げたいという思いが深く刻まれていたのだ。それゆえにアントウニオウは、この親友のため高利貸のシャイロックから借金をしてまで資金の工面をしようと考えたのである。その時、アントウニオウは全財産を海上の船荷に投資していたので、手許《てもと》は無一文であった。つまりシャイロックから借金するほかに方策はなかったのである。そしてこれが深刻な波紋をよぶことになるとは、ゆめゆめ思わなかった。

舞台1　ヴェニス、広場

バッサーニオウとシャイロック登場

シャイロック　三千ダカットかね。ふーん。

バッサーニオウ　そう、それで三か月間。

シャイロック　三か月ね、なるほど。

バッサーニオウ　その保証人は、さっき言ったけど、アントウニオウがなってくれるんだ。

シャイロック　アントウニオウならいい人物だ。

バッサーニオウ　そうでないという噂でも聞いたっていうの。

シャイロック　あ、いーや、いーや、いい人物だってのは、あの人ならその値打《ねう》ちのある人物だってことなんだ。ただ、今のところあの人の財産は宙に浮いている。というのはトリポリス行きの商船が一艘、西インドへ一艘、それに取引所での噂では三艘目はメキシコ、四艘目はイングランド、そのほかにもあちこちに投資しているようだ。だが船と言うのはただの板切れ、船乗りはただの人間ですぜ。それに陸の鼠に海の鼠、陸の盗賊に海の盗賊――つまりは海賊――。さらに波、風、暗礁の危険ってやつがある。それでもあの人物なら充分だろう。三千ダカット――その証文に応じてもよさそうだ。

バッサーニオウ　まったく安心だよ。……

アントウニオウ登場

シャイロック　これは、これは、ご機嫌よろしゅう。
たった今お噂してたんでござんすよ。

アントウニオウ　シャイロック、私は余分なものを
取ったりやったりで
金の貸し借りはしない主義だが、
友人の急場をしのぐためには仕方がない、
この際自分の流儀はやめにする。（バッサーニオウに）
いくらいるのかもう話したのかい？

シャイロック　ええ、三千ダカットでござんす。

アントウニオウ　それを三か月。

シャイロック　そう三か月、忘れていた、（バッサーニオウに）そう言ったよね。
（アントウニオウに）そこでですな、証文のことなんだが、
えーとそうですな……
さきほどのお話じゃ、利息をつけて
金銭の貸し借りはやらない
ということでござんしたな。

アントウニオウ　そうだ、絶対にな。……

シャイロック　三千ダカット――これはかなり大金ですな。
十二か月のうち三か月ってことは、えーと利率は――

アントウニオウ　どうなんだね、シャイロック、この際、
恩義がうけられるのかね。

シャイロック　さて、アントウニオウさま、
あんたはこれまで何度も何度も
取引所で私に悪態をつきなすった。
私《わたし》の銭金《ぜにかね》のこと、私の利息のことでね。
私はいつも肩を窄《つぼ》めてじっと耐えてきた、
忍従ってのがわれわれ種族の標章なんでね。
あんたは私を不信徒と言い、人殺し犬と言い、
私のユダヤ着に唾《つば》吐《は》きかけた、
それもみんな私が自分のものを好き勝手に使うというだ

けのことでござんした。
それでこんどは私の助けが要《い》るらしい、まいったね。
私のところへ来て、シャイロック、
金が欲しいんだとね。——
そうですかい、私の髭《ひげ》に唾吐きかけたあんたが、
野良犬を戸口から蹴飛ばすように
私を足蹴《あしげ》にしたあんたが、
こんどは金が入り用だとおっしゃるんですかい。
何と答えたらいいんですかねえ。
こう言ったらどうでござんす、
犬がお金を持ってますか、犬が三千ダカットも貸せるん
ですかとね。……

アントウニオウ　これからも私はお前さんを犬と呼び、
唾吐きかけ、足蹴にすることもあるだろう。
金を貸してくれるなら友人に貸すとは思わんでくれ、
生き物でもない銭金《ぜにかね》を友情から友人に貸して
それが子を産んだためしはあるまい。
それより敵《かたき》と思って金を貸すがよい、
契約違反となればそのほうが大きな顔をして
違約金がとれるはずだ。

シャイロック　おや、これはすごい剣幕だな、
私はあんたと友だちになり、仲よくしていただこうと、
あんたから受けた恥も忘れて、当座の金銭を用立てし、
びた一文の利息もとるまいと思っているのに
聞こうともしない。
親切から言ってるんですぜ。

バッサーニオウ　親切であってくれよ。

シャイロック　その親切をお目にかけよう。
一緒に公証人のところへ行って、
いっさい担保なしの証文に
あんたの判をついてもらいましょう、
それでまあ戯事《ざれごと》ですが、
証文通りにこれこれの日にこれこれの場所で
これこれの金額を
返済できなければ、その違約の罰として
あんたの体の肉を正味一ポンド、私のすきなところから
切り取っていいってことにしてもらいましょう。

アントウニオウ　よし、わかった。その証文に判をついて、
ユダヤ人にも並の友情があるんだと言おう。

バッサーニオウ　私のためにそんな証文に判を押してはい
けない。
それぐらいなら今の窮状にあまんじたほうがましだ。

アントーニオウ　なに、恐れることはない。
違約の心配などないんだ。

この二か月以内に、つまり証文期限の一か月前に
約定《やくじょう》の金額の九倍もの額が戻ってくるはずなんだから。

シャイロック　いやはや、ご先祖アブラハム様、
このキリスト教徒たちときたらまあ！
自分たちが酷《ひど》いやり方をしてるもんだから、
人様の思いまで勘繰《かんぐ》ってかかるんだねえ。
うかがいますけど
この人が期限をまもらず、私が科料を取りたてて
何の得がありますか？　人間の体から切りとった肉一ポンドなんてものは羊の肉、牛の肉、山羊の肉ほどのねうちもなく、
何のもうけにもならんですぜ、私はね、
この人に気にいってもらいたいばっかりに、友情をさしのべてるんだ。
受けるならきまり、受けないならさよならだ。
せっかくの私の友情を変にとらんでいただきたいですな。

アントウニオウ　わかった、シャイロック、証文に判だ。

シャイロック　そんなら直ぐに公証人の所で会いましょう。
公証人に、このふざけた証文のことを
指図しといていただこう。
私は金子《きんす》の調達に直行し、家の様子をみてこよう、
なにしろ全く頼り無い小僧が
運まかせの留守番をしてるんでね。
なに、すぐに戻りますで。

アントウニオウ　あ、急いでくれ、恩に着るよ。

（シャイロック退場）

あのヘブライ人、キリスト教徒になる気だな、なかなか親切だ。

バッサーニオウ　私はきらいだな、口先がきれいで腹黒ってのが。

アントウニオウ　さあ、きまりだ。気にすることはないよ。
私の船は期限よりひと月も早く戻ってくるはずだから。

（退場）

ひとり語り

さて金繰《かねぐ》りがついたバッサーニオウは、その夜、会食と仮装舞踏会を企画し、シャイロックを招待することにした。シャイロックが家をあけている間に、恋人のロレンゾウがシャイロックの娘ジェシカと駆け落ちする手筈となっていたのだ。ジェシカは美しい、気立てのやさしい娘であった。父シャイロックの性根《しょうね》とその生き方を恥じ、キリスト教徒となってロレンゾウの妻になりたいと思っていた。宴会を待つ慌《あわ》ただしい騒ぎのなか、ジェシカは父親を裏切ることに後ろめたさを感じていた。だ

が恋にはかてず臆しながらも、財宝と金袋を手にロレンゾウと家を出た。シャイロックにとって不運がかさなった。突然風が変わったという事で、バッサーニオウ一行はポーシアの住む町ベルモントへ船出することになった。当然のことながら宴会も舞踏会も中止となってしまった。そして娘の裏切り！　財宝金銭の保全第一を心がけていたシャイロック一代の不覚、怒りの炎に狂うシャイロックの八つ当たりは、スラーニオウが言うように、滅茶苦茶で前代未聞、その狼狽《うろた》えぶりをからかわれて、まことに不憫《ふびん》というほかはなかった。

舞台2　町なか

シャイロック小走りに登場

シャイロック　おれの娘が！　ああ、おれの銭《ぜに》が、おれの娘が！
キリスト教徒と駆け落ちしたんだ！　おれの金、キリスト教徒の金が！
裁判だ！　法律だ！　おれの金とおれの娘が！
封印しといた金袋《かねぶくろ》が、
きちっと封印しといた金袋が二つ、しかも
倍額も入ったやつがおれの娘に盗まれたんだあ！
宝石もだ、石が二つ、金目《かねめ》の宝玉《ほうぎょく》二つが
おれの娘に盗まれっちまったんだぁ！　裁判だ！
娘を見つけるんだ！
あいつが宝石を持っているんだ、銭《ぜに》もだ。

（シャイロック退場、やじ馬たちが「宝石だ、娘だ、銭だ」とはやしたてながら後を追う）

ひとり語り

町なかでわめくシャイロックはまさに狂乱の体《てい》としか言い様がなかった。アントウニオウの仲間たちは、シャイロックがこの腹いせにどんな仕返しに出るかと気がかりでたまらなかった。もともとキリスト教徒への復讐を心に秘め、本心を隠して冗談まじりに交したアントウニオウとの証文であったのだ。

さてベルモントはポーシア邸の一室、美しいポーシア姫は婿選びについて父の遺言にしばられていた。父は死に際《ぎわ》に、娘の婿《むこ》は金、銀、鉛の三つの箱のなかから、ポーシアの絵姿が入っているものを選び当てなければならないと取りきめていたのである。今日の常識では考えられないことだが、当時はそれほど珍しくもない婿選びの手段であった。特に高貴な階層では、臨終の父親に突然インスピレーションがはたらき、神秘な正しい判断が閃《ひらめ》くと考えられていたのであった。

こんなわけでポーシァは、今は亡き父の遺志に制約されて好きな人を自ら選ぶことも、嫌いな人を断わることもできずに、侍女のネリッサと共に気をもむばかりであった。多くの貴公子たちが求婚に訪れるが、箱選びに失敗すれば、どの箱を選んだかは絶対に口外しないと約束しなければならなかった。これは易しいとして二度と他の女性にも求婚しないと誓うことは、貴公子たちにとって大変にむずかしいことであった。そんなわけで箱選びを断念して立ち去るものもあまたであった。気にそぐわない求婚者たちが立ち去るのをみてほっとするポーシァであったが、思いは父親在世の頃、一度ベルモントに立ち寄ったことのあるヴェニスの学者で軍人という、バッサーニオウにあった。

そんな矢先、モロッコ大公が箱選びに登場した。モロッコ大公は金、銀、鉛の箱にそれぞれ刻まれた碑文《ひぶん》を注意深く読みあげた。

第1は金の箱

「われを選ぶものは多くの男たちの求むるものを得るなり」

第2は銀の箱

「われを選ぶものは身分相応のものを得るなり」

第3は鉛の箱

「われを選ぶものはもてるものすべてをなげうち賭《と》するなり」

モロッコ大公の選択は金の箱であった。多くの男たち、全世界の男たちが求むるもの、それこそまさしくポーシァ姫ではないか、と考えたのである。しかし「輝くもの必ずしも金にあらず」、モロッコ大公は恋の敗者となった。こうしてモロッコ大公が立ち去ると、いれかわりにアラゴン大公も箱選びに挑戦したが、ポーシァの願い通りに銀の箱を選び退散した。

この時使者が来てヴェニスの貴公子が箱選びに訪れたという知らせがはいった。恋い慕うバッサーニオウであればよいと願うポーシァの思い通りであった。が、同時に箱選びに失敗したらとつよい不安に駆られた。運命は微笑み、バッサーニオウは鉛の箱を選び、首尾よくポーシァの絵姿を引き当てた。おまけに侍女のネリッサとバッサーニオウの友人グラシアーノウとの契りも交わされたから、喜びは頂点に達した。

さて、ここに深刻な問題がおこった。それは娘をかどわかされ、財宝、金銭まで娘に持ち逃げされたと、憤懣《ふんまん》やる方ないシャイロックを喜ばせる事件の知らせであった。アントウニオウ所有の商船ことごとくが座礁し、アントウニオウの投資すべてが台無しになったというのであった。シャイロックは契約の期限切れを待ち焦がれたように、証文通りの抵当、アントウニオウの人肉一ポンドを要求して、裁判を開くよう、ヴェニスの公爵に申し出たのである。

すべてを覚悟したアントウニオウの手紙を持って来たのはスレリオウであった。ロレンゾウとジェシカもいっしょであった。折も折、喜びに湧くポーシァ邸にやって来たのだ。手紙から急を要する事態を察知したポーシァの寛容な気転がはたらいた。バッサーニオウは直ちにグラシアーノウと共にアントウニオウ救援の為、ヴェニスへ戻ることとなった。そしてバッサーニオウを送り出したポーシァは、ネリッサと共に修道院に引きこもり、祈りと瞑想の日々を過して、心静かにそれぞれの夫の帰りを待ちたいと言うのであった。そして家を留守にするにあたり、折よく来合わせていたロレンゾウとジェシカを留守番として、家屋敷の管理いっさいを託すことにした。

だがポーシァは実際にはパデュアに住む従兄《いとこ》ベラーリオウ博士の代理人となることを考えていた。つまり従兄の推薦をうけた若い法学者に変装して、ヴェニスの法廷の裁定に加わるというわけであった。この秘策をネリッサにうちあけ、二人はそれぞれ、裁判官と書記に変装して一路ヴェニスの法廷へと急ぎ、首尾よく問題の法廷に現れたのである。

舞台3　ヴェニス、法廷

公爵、アントウニオウ、バッサーニオウ、グラシアーノウ、弁護士の書記に変装したネリッサ、その他が法廷に居る。公爵が手紙を読んでいるのを見まもっている。

公爵　ベラーリオウからのこの書状には、若い博学の法学者を当法廷に推薦するとあるが、その方は何れにおいでかな。

ネリッサ　すぐの所に控えて、お許しがいただけるかどうかお返事を待っておられます。

公爵　よろこんでお迎えしたい。だれか三、四人行って丁重にこちらへ御案内しなさい。その間、ベラーリオウからの書状を法廷一同に読み聞かせることにしよう。

書記　（読む）「上様《うえさま》よりご書簡拝受のおり、私は重い病にかかっておりました。しかしながら上様からのご使者来訪のちょうどその折、バルサザーと申すローマの若い博士が訪ねて参りました。そこで当人にユダヤ人と商人アントウニオウとの係争《けいそう》について委細を伝え、二人で多くの文献にあたりました。私の意見は充分当人に申し伝え、また当人の深い学識が慎重な審議の成果に反映されております。その博識の程は私の推薦の言葉では到底つくし得ません。さいわいこの急場に私の代理として上様のご要望に応じてくれるようにとの私の願いを聞きいれてくれました。この上はどうぞ若年のゆえをもって当人を軽んじられることのないようお願いいたします。若年ながらこれほど老成した頭脳の持ち主をいまだ知りません。ご採用賜わりますれば、私の賞讃の言葉をこえた働きをするものと確信しております。」

ポーシア、法学博士（バルサザー）に扮して登場

公爵　博学のベラーリオウがこのように書いてきている。
おお、博士がお出でになったようだ。
どうぞお手を。ベラーリオウ先生のもと
からお出でですな。

ポーシア　さようでございます。

公爵　よくぞお出でになられた。どうぞお席に。
さて、当法廷でただ今審問《しんもん》中の件、
もうご承知でしょうな。

ポーシア　一部始終くわしくうけたまわっております。
どちらがその商人で？　またユダヤ人はどちら？

公爵　アントウニオウ、シャイロック、両名とも前へ。

ポーシア　あなたがシャイロック？

シャイロック　私がシャイロックでございます。

ポーシア　あなたの起している訴訟は奇妙なものではある
が法にかなっている。
したがってヴェニスの法律は
あなたの訴訟手続をとがめることはできない。
（アントウニオウに）つまり、あなたの身の上はこの男の
手中にある。

アントウニオウ　そのようにこの男も申しております。

ポーシア　証文は認めるの？

アントウニオウ　認めます。

ポーシア　ではユダヤ人が慈悲をかけねばなるまい。

シャイロック　なんでそれを強《し》いるんです。
それをうかがいましょう。

ポーシア　慈悲は強制されるものではない。
それは恵みの雨のように天から大地に降りそそぐもの。
その祝福は二重となる、与えるものと受くる者
双方が共に祝福される。それは最も偉大なるものの
最も偉大なるもの、王にとっては
その王冠よりも王者にふさわしいのだ。
王笏《おうしゃく》はこの世の権力、畏怖《いふ》と権威の表徴《ひょうちょう》であり、
これには王への恐怖と怯《おび》えがある。

だが慈悲はこの王笏の支配に優り、
王者の心に君臨するもの、
神ご自身の表徴なのだ。
慈悲が正義に宿るとき、地上の権力も
神の御力《みちから》に最も近づくのだ。だからユダヤ人、
正義がお主《ぬし》の訴えだけれど、考えてくれ、
正義のみを求めれば、われら誰一人として
救いにあずかれまい。
そこでわれわれは神に慈悲を願い祈る、
この祈りこそがわれわれみんなに、互いに慈悲を施せと
教えている。こういう話をしたのも、
お主《ぬし》の訴えている正義をやわらげたい気持からなのだ。
もしお主がどうあってもと言うなら、
ヴェニスのこの厳正な法廷は、
やむを得ずこの商人に厳しい判決をくださねばなるまい。
……

シャイロック　ダニエル様の再来だ！
そうだ、ダニエル様だ、
お若く英明な名裁判官、なんとご立派なお方だ！

ポーシア　証文を見せていただこう。

シャイロック　はいはい、ここに、博士様、
これでございます。

ポーシア　シャイロック、お主《ぬし》にこの金を三倍にして返済
すると申し出ておるのだが。

シャイロック　誓約、誓約です。天に誓ったんです。
手前の魂に偽証罪を被《かぶ》せるわけにまいりません。
だめだ、ヴェニス一国にかえてもだめだ。
……

アントウニオウ　私からも法のお裁きを切にお願い申しま
す。

ポーシア　そうとなれば、仕方がない。
アントウニオウは胸にナイフを受ける
覚悟をせねばならない。

シャイロック　なんと気高い裁判官様！
類《たぐい》まれなる青年貴公子！

ポーシア　この証文に記載されている抵当のとりたては、
法の趣旨に完璧《かんぺき》に適《かな》っている。

シャイロック　その通り。
ああ何と英明、中正公平な判事様！
お見かけよりもはるかに老成しておられる！

ポーシア　それ故、アントウニオウ、胸を開けなさい。

シャイロック　そう、その胸だ、
証文にそう書いてある、そうでしょう、判事様？
「心臓に一番近いところ」という言葉でね。

ポーシァ　そう書いてある。
肉の目方を掛ける秤《はかり》はあるのか？
シャイロック　ええ、ここに用意してございます。
ポーシァ　シャイロック、お主《ぬし》の費用で医者を控えさせておくがよい。
傷口を塞《ふさ》ぎ、出血で死んでしまうことがないようにするのだ。
シャイロック　証文にそう記してあるんですか？
ポーシァ　証文には記されていないが、
それは問題ではなかろう、
それ位の慈善を施してもよいであろう。
シャイロック　そんな文字は見つかりませんな、
証文にはありませんな。
ポーシァ　商人のアントウニオウ、
何か言い残したいことは？
アントウニオウ　ほんの少しだけ。覚悟はできております。
バッサーニオウ、別れの握手をしてくれ、さようなら、
君の為にこうなったからといって悲しまんでくれ。
これでも運命の神はいつもよりは親切なんだから。
……
バッサーニオウ　アントウニオウ、
結婚したばかりの私の妻は、
私にとっていのちそのもののように大切だが、
その命も妻もこの世界のすべても、
君の命以上の価値はない。これらすべてを失っても、
いまそのすべてをこの悪魔にくれてやっても、
君を救いたいのだ。
ポーシァ　あなたの奥さんがそばに居て、
そんなことをおっしゃるのを聞いたら
あんまり喜ばないでしょう。
グラシアーノウ　私にも妻がいる。そして深く愛している。
それでもその妻が死んで大国にいて、神様に
この山犬のようなユダヤ人の心を変えるよう願ってもらいたいものだ。
ネリッサ　そんな願いごとは奥様の居ない所でしましょう。
でないと家庭の揉《も》め事になりますよ。
シャイロック　（傍白）キリスト教徒の夫ときたら、みんなこの類《たぐい》だ！　おれにも娘がいるが、
キリスト教徒の夫をもつくらいなら、いっそ
盗《ぬす》っ人《と》バラバスの血筋《ちすじ》をひくやつの方がましだった。
時間のむだです。どうぞご判決を。
ポーシァ　その商人の肉一ポンドはお主のものである。
当法廷がこれを認め、法によりこれを与える。
シャイロック　まったく中正公平な判事様だ！

ポーシア　よって、その方《ほう》はこの肉を商人の胸から切り取
　らねばならない。
法によってこれを許可し、当法廷の裁決とする。
シャイロック　まことに博学な判事様！　判決がでた！
さあ覚悟はいいな。
ポーシア　まだ少し待たれよ、申したい事がある。
この証文によれば、血は一滴たりとも
そなたに与えられない。
ここには〝肉一ポンド〟とだけ明記されている。
したがって証文どおりに肉一ポンドを受け取るがよい。
だが切り取るに際し、キリスト教徒の血を
一滴たりとも流すならば、そなたの
土地・財産のすべては、
ヴェニスの法律によって国庫に没収されることになる。
グラシアーノウ　おお、厳正なる判事様！
聞いたか、ユダヤ人！　博学なる判事様！
シャイロック　それが法律ってもんですか。
ポーシア　自分で条文を読んでみるがよい。
お主が正義一辺倒なので、望み以上に
正義をかなえてやろうと言うのだ。
……
グラシアーノウ　ダニエル様の再来だ、
ダニエル様だ、ユダヤ人！
さあ不信心者め、おれの勝ちだ！
ポーシア　シャイロック、なぜためらう？
抵当を受け取るがよい。
シャイロック　元金だけもらって、帰らせていただきます。
バッサーニオウ　これに用意してある、さあ、ここに。
ポーシア　この男は当法廷で公式にそれを拒絶した。
よって正義のみ、証文どおりが取り分なのだ。
グラシアーノウ　ダニエル様だ、ダニエル様の再来だ、
ありがとうよ、ユダヤ人、いい言葉を教えてくれたな。
シャイロック　元金だけも、もらえんのですかい？
ポーシア　抵当のほか、なにも受けとれないのだ、
それも死を覚悟でだ。
シャイロック　なんてこった。どうともなれだ。
こんな問答、もういらん。
ポーシア　待つのだ、ユダヤ人！
お主《ぬし》に適用される法律がまだあるのだ。
ヴェニスの法律にはこう規定されている。
もし外国人が直接的であれ間接的であれ、
市民の生命を狙《ねら》った事が証明された場合、
その者の財産の一半は生命を狙われた市民の所有となり、
他の一半は御内帑金《ないどきん》として没収される。

そして犯人の生命は一に公爵の慈悲に委ねられ、
何人もこれに反対することは出来ない。
よいか、お主はこの様な立場にあるのだ。
……

シャイロック　生命でも何でも奪ったらよい！
お許しなんぞ欲しくもない！
家をささえている柱をとられたら家を取られたも同然、
おれの生命をささえている財産をとられたら
生命を取られたも同然ってことだ。

ポーシァ　アントウニオウ、
お主《ぬし》はどんな慈悲がかけられるか？

グラシアーノウ　ただの首吊り縄、ほかに何もやらんで。

アントウニオウ　公爵様、ならびに法廷の皆様にお願い申
します。
彼の財産半分の没収をご免じ下さればありがたいです。
ただし残りの半分は私があずかり、彼の死後に
さきごろ彼から娘を奪った男に渡しますことを
彼が認める必要があります。さらに
二つ条件がございます。一つはこの恩恵にこたえて
彼が直ちにキリスト教徒に改宗すること、
もう一つは、彼の死後、その遺産のすべてを娘婿ロレン
ゾウと娘に譲渡すると、
ただ今、この法廷で証書を認《したた》めることです。

公爵　お主《ぬし》の申し出の通りにさせよう。承知いたさねば
さきほど申し渡した恩赦は取り消しとする。

ポーシァ　シャイロック、よろしいか？
何か申したいことは？

シャイロック　よろしゅうございます。

ポーシァ　では書記官、譲渡証書を作成しなさい。

シャイロック　お願いです、
ここから立ち退《の》かせてください。
気分が悪いのです。譲渡証書は送り届けていただけば
署名いたします。

公爵　では退廷しなさい、だがよいな、
必ず履行するのだぞ。　（シャイロック退場）

グラシアーノウ　キリスト教徒になる洗礼立会人は二人だ
が、俺が判事なら、もう十人ふやして十二名の陪審によ
って洗礼盤でなく絞首台送りにしてやりたかったなあ。
（一同退場）
（音楽）

エピローグ　出演者全員が語り手Aを中心にB、C、D、E、
Fとして、Aに話しかけながらAのまわりに位置
し、エピローグの最後の言葉「〜満たされます」
を合図に、〝ビンゴウ〟と叫ぶ。その際〝ビン〟

で内側の手を上方に高くあげ、〝ゴウ〟で外まわりにスピンして、一同揃って胸に手をあてお辞儀、幕となる

A　この様に人肉裁判ではシャイロックは残酷な敗北に甘んじなければならず、私ども現代人は複雑な思いに駆られます。

B　人種差別がからんでいるように思えますね。

A　そうなんですが、何はともあれ、こうして一件落着と言いたいのですが、問題がまた一つおこります。

C　シャイロックが署名を拒否したとでも言うのですか?

A　いやそうではなく、裁判官と書記に扮したポーシァとネリッサへの報酬がわりに、バッサーニオウもグラシアーノウも、止むなく妻からの贈り物、愛を誓った大切な指輪を手放してしまったのです。

D　なるほど、それは妻たちにとっては大問題ですね。

A　そこでポーシァは総仕上げとしてまた一つ気転を利かせた寸劇を楽しもうと考えたのです。

E　バッサーニオウとグラシアーノウは何か罰をうけるべきです。

A　もちろんです。ポーシァはネリッサと一足先にベルモントに戻ります。バッサーニオウ、グラシアーノウ、そしてアントウニオウ一行は、陽気に迎えられますが、バッサーニオウとグラシアーノウは指輪を手放したことを執拗《しつよう》に咎《とが》められ、苦しい弁明もさんざんなぶりものにされます。

F　バッサーニオウもグラシアーノウも万事休すというわけですね。

A　そうなんです。しかしそこは恋し合う仲、男たちの困惑ぶりを優位に立って眺めて微笑《ほほえ》む貴婦人ポーシァは、ひと時のお茶目たっぷりな戯れに酔い、やがて一切の真実を打ち明け、万事がめでたい大団円、再会の華やかな喜びと祝賀の気分で満たされます。

一同　ビンゴウ!

AS YOU LIKE IT

お気に召すまま

◆登場人物

公爵　公爵の地位を奪われ、流浪の身
フレデリック　老公爵の弟、公爵位簒奪者
アミアンズ
ジェイクィズ　｝流浪の老公爵に仕える貴族
チャールズ　フレデリック現公爵お抱えの力士
オリヴァ
オーランドゥ　｝サー・ロゥランド・ド・ボイスの息子
アダム
デニス　｝オリヴァの従僕
タッチストゥン　宮廷道化
コリン
シルヴィウス　｝羊飼い
ハイメンに扮する男
ロザリンド　追放された公爵の娘
シーリア　フレデリックの娘
フィービィ　羊飼いの娘
オードリィ　田舎の娘
貴族、神父、小姓、楽士、森の住人、従者たち

＊＊＊　＊＊＊

語り手

◆語りのなかだけの主要な登場人物

ジェイクィズ・ド・ボイス　サー・ロゥランド・ド・ボイスの息子（次男）

◇◇◇　◇◇◇

◆場面

オリヴァ邸、フレデリック公爵の宮廷、およびアーデンの森

幕があがると陽気で賑やかな音楽が強く響くなか、出演者たちが色とりどり思い思いの衣装で、立ったり座ったり、また楽器などをいじりながら舞台に寄り集まっている。

声　何が始まるんだろう、いろんな仲間の勢揃いということだね。まてよ、何かそれぞれが勝手なことを喋《しゃべ》り始めたようだ。

公爵　この森は不条理な宮廷に比べればずっとましではないだろうか？

ジェイクィズ　私の憂鬱は独特なのだ、多くの物質から抽出されて、多くの成分がまじり合っているのだ。私の歩んできた旅路について様々に思いをめぐらすとき、切れ目なく起こる想いが、私をまったく気ままな悲しみに包みこんでしまうのだ。

オリヴァ　私がかつてどんな男であったか恥ずかしいとも思わずにお話しすることができます。それは生まれ変わったいまの自分が殊のほか気に入っているからです。

フレデリック公　謀叛人はみなそう言う。身の潔白が言葉で証明できるものなら、謀叛人はみな美徳そのもののように清浄無垢《しょうじょうむく》となろう。

オーランドゥ　なんと、思い焦がれて口もきけないのか？

あの女《ひと》の顔も瞳も気立ても神の妙技、ぼくはただあの女《ひと》だけの為に生きるのだ。

シルヴィウス　おれの恋は神聖で文句無しに清らかなもんだ。だからたまにはお前の笑顔のおこぼれでいいから恵んでくれよ。おれはそれだけをたよりに生きていけるんだ。

ロザリンド　女を口説くとき、男は四月だけど、結婚してしまえば十二月、娘も娘のうちは五月だけれど、人妻になれば空模様は変わってしまうのよ。

シーリア　真剣に恋をしてはだめよ、それにたとえ遊びにしても、ほんのり顔が赤らむ程度にして操を立て安全に抜け出せるようにするのが大切よ。

フィービィ　「恋をするものは、みんなひと目惚れする」のよ。

オードリィ　あたし、きれいじゃないから、せめて品行がよいようにって神様にお願いしてんのよ。

タッチストゥン　牛には軛《くびき》、馬には手綱、鷹には鈴といった具合に、人間には情欲がつきものというわけ。それで鳩がくちばしを突っつきあうように、結婚だって唇でいちゃつきあうだけのことさ。

声　そうかい、そうかい、みんな「お気に召すまま」に

っ！　（賑やかな音楽のなか一同退場）

舞台1　オリヴァ邸の庭園

オーランドゥとアダム登場

オーランドゥ　アダム、ぼくはこんなふうに覚えている。父上は遺言では僅か一千クラウンしかぼくの為に遺《のこ》してくれなかったけれども、それは兄上を祝福したうえで、このぼくをりっぱに育てよ、と兄上に申されたからなのだ。そこがぼくの不幸の始まりとなった。弟でありながら、このぼくは兄上の許でただ体だけが大きくなるだけではないか、こんなことならこの家のごみだめをあさっている獣《けもの》だってぼくと同じ恩恵に浴しているではないか。ぼくのためになに一つ備えてくれないばかりか、そのやり方から思うに、ぼくの為に自然が備えてくれたものまで奪い取ろうとしているようだ。兄上はぼくを下男たちといっしょに暮らさせて、弟という身分も認めず、無学無骨者《ぶこつもの》のまま野放しに育て、ぼくの生れの良さを台無しにしようとしている。ねえアダム、これがぼくには悲しいのだ。父上の魂がぼくのこの体のなかにも宿っていると思うのだが、その魂がこの奴隷扱いに反乱を起こそうとしている。まだどうやってこの境遇から抜け出ることができるか、名案はないのだが、もう我慢はできないのだ。

オリヴァ登場

アダム　旦那さま、お兄さまがあちらからおいででございます。

オーランドゥ　アダム、少し離れたところで兄上がぼくにどんなひどいことを言うか聞いてくれ。

オリヴァ　さてさておまえ、こんなところで何をしとるのか？

オーランドゥ　いやなにも。なにもしとげる術《すべ》を教わってませんので。

オリヴァ　ではなにを台無しにする？

オーランドゥ　ぶらぶら怠けていることで兄上のお手伝いをしてるんです。神様のお造りになったもの、あなたの哀れで無用な末弟を台無しにしてるんです。

オリヴァ　もっとましなことをやれ、そして厄介かけるな。

オーランドゥ　豚の世話をしていっしょに籾殻《もみがら》を食わねばならないっていうんですか？　こんな貧窮のどん底に落ちるとは、ぼくがどれほどの放蕩に耽ったと言うのだ。

オリヴァ　おまえ、どこに居るのかわかっているのか？

オーランドゥ　ええ、よくわかってます、兄上のお庭だよ。

オリヴァ　誰の前にいるのかわかっているのか？

オーランドゥ　ええ、前にいる人がぼくをわかっている以上によくわかってますよ。ぼくはあなたがいちばん上の兄様であると認めています、あなたもぼくが同様に良い血筋の弟であると認めるべきでしょう。この長子相続制の慣習によれば、あなたは長子ということでぼくの目上になっている。だがまさにその同じ慣習から、ぼくたち二人の間にどれほど多くの兄弟がいようとも、ぼくの血筋を抹消することはできないのです。あなたが先に生まれたということは、それだけ父上に近く、とうぜん長兄として尊敬いたしますが、父上の血はあなたにもぼくにも同じように流れているのです。

オリヴァ　なんだと、こやつ！（打ちかかる）

オーランドゥ　おい、おい、兄さん、これについては兄さん未熟だよ。（押さえつける）

オリヴァ　おれに手を出すのか、ならず者！

オーランドゥ　おれはならず者なんかじゃない。サー・ロゥランド・ド・ボイスの末っ子だ、父上のれっきとした息子だ、あの父上がならず者を生ませたというやつこそ三倍もならず者だ。あんたがおれの兄貴でなかったら、喉頸《のどくび》をつかんだこの手は放さんよ、もう一つの手で悪態《あくたい》をついたその舌を引っこ抜くまでだ、あんたは天に向かって唾《つばき》したんだ。

アダム　旦那様がた、どうぞ我慢なすって下さい、お父上様の思いにかけて仲よくなさってくださいまし。

オリヴァ　手を放せというのだ。

オーランドゥ　いいや、気がすむまでは放さぬ。おれの言い分を聞くんだ、父上は遺言状でおれに立派な教育を授けよとあんたに命じたのだ。だがあんたはおれをどん百姓扱いにして、おれから紳士らしい教養を遠ざけ隠《かく》してきた。父上の魂がおれのなかに強く根づき、もう我慢がならん。だから紳士にふさわしいたしなみ、教養を授けてくれるか、それとも僅かだが遺言で残されたおれの取り分をくれるかだ、分け前がもらえれば自分の手で運命を切り開くために出て行くつもりだ。

オリヴァ　それでどうする、すってんてんに使いはたしたら乞食？　まあいい、家に入れ。もうおまえなんかに掛かり合うのはごめんだ。おまえの言う遺言の取り分とやらくれてやる、だからたのむ、放れろ。

オーランドゥ　あんたを怒らせるのも、こっちに分《ぶ》のある立場を守りたいだけで、それ以上ではないんだ。

オリヴァ　おまえもいっしょに出て行け、この老いぼれ犬。

アダム　「老いぼれ犬」ってえのがわたしへの捨《す》て扶持《ぶち》でございんすか？　ごもっともでんす、あなた様にお仕えしてる間に歯もすっかり抜けてしまったんでさあ。どうか先代さまに神様のお恵みを！　あの大旦那様はそんな言葉は口になさらなかったでしょうに。

（オーランドゥとアダム退場）

オリヴァ　そうか、こざかしいやつ。おれの立場を侵害しようってわけだな。その増長ぶり、打ちのめしてやる、一千クラウンの金などやってたまるもんか。おーい、デニス！

デニス登場

デニス　お呼びでございますか、旦那様？

オリヴァ　公爵様お抱えの力士、チャールズがおれを訪ねて来なかったか？

デニス　思《おぼ》し召し通りにございます、ただいま門前にきており旦那様にお目にかかりたいと申しております。

オリヴァ　ここへ呼んでくれ。

（デニス退場）

これはうまくいくぞ、明日が相撲大会だ。

チャールズ登場

チャールズ　おはようございます、ご大身《たいしん》。

オリヴァ　やあ、ようこそチャールズ君、新しい宮廷に、なにか新しい話があるかね？

チャールズ　宮廷には特に新しい話はありませんが、古くからの話があります。つまり、元の公爵が弟御の新しい公爵に追放され、元の公爵を慕う三・四人の貴族たちが、自分から進んで追放の身となり、元の公爵と共に流浪の生活を始めたということです。その人たちの領地や収益が新しい公爵の財源を潤《うるお》すわけですから、新公爵はみな勝手に流浪するがよいと喜んで許しておられます。

オリヴァ　元の公爵の姫君ロザリンドは父君といっしょに追放されたのかね？

チャールズ　いいえ、いいえ、新公爵の姫君が、従姉に当たるロザリンド様と揺《ゆ》り籠《かご》の頃からごいっしょに育てられたので、それはもう大の仲よしなんです。ロザリンド様が追放されるならいっしょに出ていく、ひとり後にとり残されるなら死んでしまうというわけです。それでロザリンド様は宮廷にのこり、実の娘同様に叔父君に可愛がられております。あのお二人ほど仲の良い女性はまたとおりますまい。

オリヴァ　元の公爵はどこに住まれるのだろうか？

チャールズ　噂ではすでにアーデンの森におられて、多くの陽気なご家来衆とともにイングランドのかつてのロビン・フットさながらに暮しておられるとのこと、毎日おおくの若い紳士たちがそこに寄り集まり、まるで昔の黄金時代のように何の屈託《くったく》もなく心安らかに過ごしているそうです。

オリヴァ　ところで、君は明日新公爵のご前で相撲をとるようだね？

チャールズ　はい、そうなんです。実はそれについて一つお耳にいれたいことがあり、こちらに伺ったわけです。というのは内内の話では、弟御のオーランドゥ様が身分をかくして私との勝負をお望みらしいのです。弟御はまだお若く未熟です、あなた様の日頃のご愛顧に報いるためにも弟御を打ちのめすことは控えたいものです、だが勝負を挑まれればわたしの名誉にかけてやむないことです。そこで、あなた様への善意からこのことをお知らせにまいったわけです。

オリヴァ　チャールズ、君の好意、ありがたく思うよ。いずれ手厚く報いるつもりだ。弟のもくろみについてはおれも知っていた。そこで暗に思いとどまらせようと手を尽したのだが、あれの心はかたい。チャールズ、この際はっきり言うが、あれはフランス一の強情《ごうじょう》っ張りで野心満々だ、人のすぐれた才能をやっかみ、すぐに張り合うのだ、血を分けた兄であるこのおれにたいしても、ひそかに卑劣な策略をめぐらしているのだ。だから思う存分にやってくれ。おれとしてはあいつの指どころか、頸《くび》根《ね》っ子まで捻《ひね》り潰《つぶ》してもらいたいものだ。

チャールズ　お訪ねしてほんとうによかった。明日弟御が試合に出れば、当然の報いをうけることになるでしょう。試合の後、松葉杖なしで歩けるようでしたら、この私は二度と恩賞目当ての試合には出ないことにします。ではご機嫌よろしゅう、失礼します。　（チャールズ退場）

オリヴァ　そうか、さようなら、チャールズ。さてと、こんどはこっちの軍鶏《しゃも》をけしかけるということだ。これであれの一生が幕になれば万才だ、なぜか分らんのだがあいつほど憎たらしいものはおらん。しかもあれはいかにも紳士、学校には行かぬが学がある、人を思い遣《や》る天晴れな心掛け、あらゆる人に深く愛され、世の人気を一身にしょっている、とりわけあれをいちばんよく知っているおれの家来衆の人気をだ、おかげでおれは形無《かたな》しの辱《はずかし》めにあっている。だがそれももう長くはないぞ、あの力士が万事うまくかたづけてくれるからな。あとはあの小僧をけしかけて試合に出すだけだ、さあ、すぐに取り掛かろう。　（退場）

以下ひとり語りの声に合わせてミュージカル風（または影絵風、他）パフォーマンスが舞台に展開する

ひとり語り

さてロザリンドは、身の上を思い、深く沈みこんでいた。従妹のシーリアにはげまされ、二人で楽しい生活にきりかえる手だて、たとえば恋の遊びなどはどうだろうかなどと考え始めていた。そのとき仲好しの二人が居合わせていたその場で、名うての力士チャールズが若者の挑戦をうけて相撲をとるという知らせがはいってきた。二人は豪の者チャールズに挑む若者の無謀を思いとどまらすよう公爵から依頼された。そこで二人の姫は身分を隠したオーランドゥにその様な無鉄砲な試合は、どうかあきらめて下さいと、口をきわめて頼んだ。しかしオーランドゥは美しい姫たちに強く惹かれながらも、自分は死ぬことなど少しも恐れぬ天涯孤独の身と心を変えず、試合にのぞむこととなった。

相撲はすべての人々の予想に反して、投げとばされ、打ちのめされたのは、チャールズであった。一躍名をあげたオーランドゥが、身分をあかした時、その父親が前公爵の強い味方であり、現公爵にとって生涯の敵であることが明らかとなった。こうして褒章をうけるはずのオーランドゥは、かえって現公爵の敵として憎しみの的《まと》になってしまった。

これに深く同情した姫たちはオーランドゥを手厚くねぎらうのであった。特にロザリンドはオーランドゥにひと目惚れ、父親同士の親密な間柄に思いを馳せてか、オーランドゥに首っ丈となった。そして自分が身につけていた首飾りまでオーランドゥへの贈り物として差し出したのである。つわものを打ちのめしたオーランドゥもまたすっかりロザリンドに魅せられ、口もきけないほどに恋の虜《とりこ》になってしまった。ロザリンドとオーランドゥは、互いに思い思われながら、離れ離れにただ身を焦がすばかりであった。

このような結末となった相撲大会の後、フレデリック公爵は、急に不機嫌になった。そして彼が追放した前公爵を慕う人々が余りに多いことに腹を立て、その外には何の理由もないのに、姪のロザリンドを謀叛人《むほんにん》として追放することになった。かわいそうに従妹のシーリアも、ロザリンドとの仲を引き裂かれるよりは父をすててもロザリンドから離れないと固く心に決めていた。二人は連れだってロザリンドの父、前公爵の住むアーデンの森への逃避行に出ることにした。ロザリンドは男装してギャニミードと名を変え、シーリアは田舎娘の卑《いや》しい身なりでエィリーナと名を変えた。そして旅の慰めにと、道化のタッチストゥンを連れ出すことにした。

舞台2　アーデンの森

老公爵、アミアンズ、二〜三の貴族たち、森の住人の
身なりで登場

老公爵　ところで、流浪の日々を共にする兄弟たち、
わたしは思うのだが、ここの生活も慣れてみると
栄華と虚飾に満ちた生活よりも、
ずっと増しではないだろうか？
罠《わな》は宮廷に多く、この森のほうが危険が少なく
安全ではないだろうか？
ここでわれらはアダムのうけた刑罰、
つまり四季の変化の鞭をうけようと問題ではない、
真冬の風が
氷の牙《きば》を剝《む》き荒々しく叱咤《しった》し、
わが身に嚙《か》みつくばかりに吹きつけて、
この生身《なまみ》が寒さにちぢむその時でさえ、
わたしは微笑《ほほえ》んで言えるのだ、
これは追従《ついしょう》ではない、わが身の
何たるかを身にしみて強く感じさせてくれる
諫言《かんげん》なのだと。
逆境の功徳《くどく》こそうるわしいのだ。
それは蝦蟇《がま》のように醜《みにく》く毒をもつが、
その頭のなかには貴《とうと》い宝玉を蔵している。
そして俗世を離れたここでのわれわれの生活は
樹木にことばを聞き、せせらぎの音に書物を見出し、
小石に垂訓《すいくん》を察知し、あらゆるものに善を認める。
わたしはこの生活を変えようとは思わない。

アミアンズ　まことに公爵こそ
おしあわせなかたです、頑《かたく》なな運命を
かくも静寂甘美な姿に変えてしまわれるのですから。

老公爵　では、出かけて鹿でも射止めることとしよう。
それにしても心が痛むのは、
あの道化のまだら服を着たような、
愚かで哀れな獣たちは、いわばこの荒れ果てた都の
原住民でありながら、自分たちのこの領域のなかで、
丸々と肥えた尻を二股《ふたまた》の矢で射抜かれねばならぬ
ということだ。

貴族の1　ごもっともです、公爵。
あの鬱《ふさ》ぎ屋のジェイクィズもそれを嘆いております。
それについて言えば、公爵を追放した弟御よりも
公爵こそさらにひどい簒奪者《さんだつしゃ》だと申しております。……
こうしてジェイクィズは
国家も都市も宮廷も槍玉に挙げて
あらんかぎりの毒舌を浴びせ、あげくの果てに、
ここでの私たちの生活にまで難癖《なんくせ》を付けております、

われわれはただの簒奪者《さんだつしゃ》だ、暴君だ、もっと悪いのは
本来獣たちが天から授かった居住区域のなかに入りこみ、
その生命を脅《おびや》かし絶滅させようとしていると
嘆いております。

老公爵　そして君はあの男がその様に思い嘆いているままに別れたというのだね。

貴族の1　さようでございます。
すすり泣く鹿を見て涙を流し、
うまく言い銜《くく》めているままに。

老公爵　そこに案内してもらおう。その様に塞《ふさ》ぎ込んでいるあの男と討論するのがたのしみなのだ、
そういうときこそあの男の言葉に
中身がいっぱい詰まっているのだから。

貴族の1　すぐにご案内いたしましょう。　（一同退場）

ひとり語り

娘と姪の失踪《しっそう》を知った時、フレデリック公爵は、二人がチャールズを打ち負かした若者をお供にしているに違いないという噂を耳にした。そこで直ちにオーランドゥを捕えるように命じた。ところがそのオーランドゥの兄オリヴァは相撲で一躍名をあげた弟にひどく腹を立てていた。そして弟の寝込みを襲《おそ》い焼き殺そうと企《たくら》んでいた。しかしこの企みは従僕アダムの知るところとなり、すぐにオーランドゥに伝えられた。

アダムは、先代から仕えて齢《よわい》八十になろうとする律《りち》儀《ぎ》な奉公人であった。それまでに蓄えた五百クラウンの給金を差し出し、オーランドゥを若旦那様として、どこまでもお供をし、息のある限りお仕えしてお役に立ちたいと申し出た。オリヴァの難を逃れて家を出た二人は、自ずとアーデンの森へと向かったのである。

いっぽう弟を殺そうとしたオリヴァにも天罰覿面《てきめん》であった。オーランドゥを捕えることができなかった為に領地は没収され、あげくに追放されてしまった。みなそれぞれに難を逃れ、どのような思いでアーデンの荒野を流《さす》離《ら》うのであろうか。

舞台3　アーデンの森

男装のギャニミードに扮したロザリンド、羊飼娘エィリーナに扮したシーリア、タッチストゥン登場

ロザリンド　ああ、ジュピターの神さま、
わたしはもう疲れはてて気力もありません。

タッチストゥン　気力なんかどうでもいいよ、
強力な疲れない足がほしいんだ。

ロザリンド　わたし、この男の身なりの恥と言われてもか

まわずに、女らしく泣きたいの。でもわたしは、か弱い女を慰める立場にあるんだわ、このような上着と長靴下では、ペティコートの前では勇ましく振る舞うのがつとめなんだわ。だから、さあ勇気を出して、エィリーナ！

シーリア ごめんなさい、わたしのわがまま、辛抱して。もう歩けないわ。

タッチストゥン おれは辛抱するよ、あんたを担《かつ》ぐ心棒になるよりましだ。あんたを担《かつ》ごうにも軸足《じくあし》が辛抱できないね、それというのはあんたの財布の中にゃ、お足がないと思うんでね。

ロザリンド さあ、もうここはアーデンの森だわ。

タッチストゥン さよう、今やおれはアーデンにおるのか。なんて馬鹿げたことなんだ、家におったときはもっとましなところにおった。だが何《なに》にまれ、旅人は甘んじることだ。

ロザリンド そう、そのとおりよ、タッチストゥン。

コリンとシルヴィウス登場

あら誰かくるわ、

若者とお年寄りがなにか真剣に話してるわ。

コリン そんなふうだからいつもあの娘《こ》に
馬鹿にされるんだ。

シルヴィウス ああ、コリン、おれがどんなに
あの娘《こ》に惚れているかわかってくれよ！

コリン ちっとはわかるよ、おれだって
惚れたことはあるんだから。

シルヴィウス いや、コリン、おめえは年とったんでわか
らねえんだ、
若い時分に本気で女に惚れ、夜半枕に溜息《ためいき》ふっかけたことがあってもだ。……
ぞっこん惚れこんで仕出かすどんなささいな馬鹿げたことでも
憶えてなけりゃ、惚れたことはねえんだよ。……
おお、フィービィ、フィービィ、フィービィ！ （退場）

ロザリンド ああ、かわいそうな羊飼い、
お前の傷口に探りをいれているうちに
恥ずかしながら運の尽き、わたし自身の傷にふれてしまった。

タッチストゥン そしておれもだ。……まことの恋をする者はみな馬鹿げた狂態を演ずるものだ、そして生命《いのち》ある者はみな死ぬべき運命にあるというが、恋する者はみな醜態《しゅうたい》をさらす運命にあるのだ。

ロザリンド お前さん、自分で気づかないうちに、ずいぶん智慧のあることを言うのね。

タッチストゥン　そうさ、自分の智慧などにゃ気づかないさ、智慧の輪にむこうずねをぶっつけたらキズくうね。

ロザリンド　ああ、あの羊飼いの熱い恋心が
そのままわたしの胸を焦がしている！

タッチストゥン　おれのもだ、だがおれのは少々焦げ付いてしまった。

シーリア　ねえ、お願いだわ、あなたがた誰でもいいから、あそこにいる男に聞いてみて、何か食べものを売ってくれないか聞いて見て。おなかがすいて死にそうなの。

（暗転）

ひとり語り

そこで一行は疲れをいやし食べものにありつける場がないかとコリンに尋ねてみた。その偶然が幸いして主人から牧場を丸ごと買い取ることが出来ることを知った。早速に売買交渉がまとまり、牧夫のコリンも丸抱えで羊飼いの暮らしを始めることになった。

　他方オーランドゥにお供をしている年老いたアダムは荒野をさ迷いつづけて疲れはて、もう飢え死にの危機に瀕《ひん》していた。オーランドゥはアダムを優しく物陰に横たえ、必ず食べ物を探してもどってくると励まして離れた。

　オーランドゥは折も折、辺りでうち揃って食事を始めようとしていた老公爵と従者たちにでくわした。オーランドゥはとっさに一行のなかに侵入した。刀を抜いて脅《おど》し、食べ物を横取りしようとした。ところが老公爵から丁寧な扱いをうけ、慇懃端正《いんぎんたんせい》な物腰こそ暴力に勝ると諭《さと》された。オーランドゥは深く恥じいり、刀を鞘《さや》に納めて非礼を詫びたのである。オーランドゥは勧められるままに早速にアダムを連れて戻り、食卓に仲間いりすることになった。

舞台4

森の一隅

老公爵と貴族たち、溢《あぶ》れ者風の身なりで食卓を囲み、
オーランドゥが戻るのをまっている。

老公爵　みても分かるように、
不幸なのはわれわれだけではない。
この果てし無い世界という劇場では、
われわれがいま演じている場面よりも
はるかに惨《みじ》めな
出し物が上演されている。

ジェイクィズ　世界は丸ごと一つの舞台、
瞭然《りょうぜん》たるは男も女もこれみな役者、
それぞれが登場してはやがて退場、
その間《かん》、人間ひとりが演ずる役柄は様々、

年齢により七つの幕に分けられる。まずは
赤ん坊、乳母の腕《かいな》で泣いたりもどしたり、
次は泣き虫小学生、鞄《かばん》を肩に朝日を顔に、
いやいやながらの登校は、のろのろ歩きの
カタツムリ、それから次は恋する者、
溜息ついて鞴《ふいご》のよう、哀れっぽくもことさらに、
女振《おんなぶ》りを褒め称《そや》す。次に出てくる軍人は、
奇抜な誓いを胸に詰め、豹のように髭はやし、
名誉欲では無二無三《むにむさん》、滅多矢鱈《めったやたら》に喧嘩っ早く、
砲門をさえ恐れずに、あぶくのような功名を、
立てたいばかりにつっ走る。
これに続くは裁判官、うまい鶏肉食い馴れて、
太鼓腹できびしい目付き、格式張った髭をつけ、
尤もらしい格言と、ありふれた判例を、
うまく熟《こな》して演じ切る。さて第六幕への登場は、
痩《や》せっこけてスリッパはいた道化じじい、
鼻に眼鏡で腰には巾着《きんちゃく》、
若い時分の長靴下は、大事にしまっておいてはみたが、
痩《こ》けた脛《すね》には大きすぎ、男盛《おとこざか》りの大きな声は、
子供の声に逆戻り、笛ふくように
かん高い。そして最後の大詰めは、
奇想天外、波乱の一生しめくくる、
とどのつまりは第二の赤子とまったくの忘却、
歯もなく、目もなく、味もなく、なにひとつない。

声　さて、その大詰めにさしかかった老人が運ばれてきた
ようだ、どんな介護がうけられるのだろう？

オーランドゥ、アダムを背負って登場

老公爵　よくぞ戻った。
さあ、その年老いたお荷物をおろし、
まず食べさせなさい。

オーランドゥ　老人にかわり深くお礼申します。

アダム　やむを得ません、
わたしには自分でお礼を申しあげる
気力もありませんので。

老公爵　さあ、ようこそ、遠慮なく食べてくれ。
さしあたり身の上を聞いたりして煩《わずら》わしい思いはさせぬ。
さあ、なにか音楽をやってくれ、アミアンズ、
歌ってくれ。

アミアンズ　吹けや　吹け　冬の風
おまえはそんなに冷たくない
恩を忘れてしまうほど。
おまえの牙《きば》は痛くない

実《じつ》の姿を見せぬから、
おまえの息は荒いけど。
ヘイホー　ヘイホー　歌え緑の　柊《ひいらぎ》に
おおくの友はみせかけで
　おおくの恋は徒花《あだばな》さ、
それでヘイホー　柊《ひいらぎ》に
まことに楽し　この暮らし。

凍《こお》れや　凍《こお》れ　寒《かん》の空
おまえは心《しん》まで噛《か》みはせぬ
恵みを忘れてしまうほど。
おまえは水を凍《こお》らすが
おまえの棘《とげ》は痛くない
友を忘れてしまうほど。
ヘイホー　ヘイホー　歌え緑の　柊《ひいらぎ》に
（以下くり返し）

老公爵　お前があのサー・ロゥランドの息子であるのか、
そう、お前がいま真心こめて話した通り、
わしの目にも親父《おやじ》殿の面影がお前の顔に
ありありと描かれているのが認められる、
そうとなれば心から歓迎するぞ。
わしがお前の親父《おやじ》殿を愛した公爵なのだ。
お前の身の上について積もる話は
わしの洞窟のなかで聞くこととしよう。そして
そこの老人もお前の主人同様に歓迎するぞ。
腕をかしてささえてやれ。わしにはお前の手を。
お前の身の上について残らず聞かしてもらおう。
（一同退場）

ひとり語り

こうしてオーランドゥとアダムも前公爵一行との幸運なめぐり合いで、飢えと疲れを癒すことができた。アーデンの森のなかで、それぞれが仕合わせな出会いをもち、都会暮らしと田舎暮らしの体験をもとに、新しい生活の交流が始まったのである。難渋《なんじゅう》を極めたあと、森のなかで勝手気ままな、それこそ「お気に召すまま」に、穏やかな流浪《るろう》の日々を送ることになると、若者は恋に憧《あこが》れ、恋に胸を焦がし、またそれを張り合いに生きるのである。幻想的な恋、現実的な恋、様々である。

オーランドゥは手当たり次第に、森の樹々《きぎ》にロザリンドの名を刻《きざ》みつけ、思いの丈《たけ》を書き連ねた紙片を枝に吊るしていた。さて、現実主義の道化、タッチストゥンは、この森で一体なにを暴《あば》き立てるのであろうか。

舞台5　森の別の一隅

コリンとタッチストゥン登場

コリン　ところでタッチストゥンの旦那、ここでの羊飼いの暮らしはどうかね？

タッチストゥン　そう、羊飼いね、それ自体はいい暮らしだよ。だが羊飼いの暮らしとなるとくだらないね。孤独なのはとてもいいが、淋しいのはとてもいやだ。田園生活は気にいっているが、宮廷生活でないのは退屈だ。倹《つま》しい生活であるのはおれの性《しょう》に合ってるんだが、ゆとりってのが全くないんで、おれの胃袋にはひどくこたえる。それでおまえには何か哲学があるのか、羊飼い？

コリン　たいしたことじゃねえが、おれの知っていることを言ってみるよ。人間、病気がひどくなればそんだけ気分が悪くなる。金と仕事と満足のねえやつは、三人のいい友達に見放されている。雨の本性《ほんしょう》は濡らすことで火の本性は燃やすことだ。いい牧場では羊がふとる。夜になるいちばんのわけは、お日さまがいなくなることだ。生れつきか、勉強ができねえかで、脳が弱いやつは、育ちがよくねえか、鈍《にぶ》い血筋かどっちかだ。

タッチストゥン　そういう生まれつきのやつを自然馬鹿学者と言うんだ。羊飼い、おまえ宮廷に居たことがあるか？

コリン　いいや、とんでもねえ。

タッチストゥン　それじゃ、地獄行きだな。

コリン　いいや、そうなんねえように。

タッチストゥン　ほんとに地獄行きだぞ、半熟卵とおんなじだ、まだ充分に火が通っておらんな。

コリン　宮廷にいたことがねえってことでですかい？　どんなわけがあるんです。

タッチストゥン　それはだな、おまえが宮廷にいたことがないってことは、いい礼儀作法を見たことがないってことだ、いい礼儀作法を見たことがないってことは、おまえの礼儀作法は悪いってことだ、悪いってことは罪悪だ、罪悪があれば地獄行きだ、羊飼い、今おまえは危ない境界におるんだ。

コリン　そんなことはねえよ。タッチストゥン。宮廷でいい礼儀作法ってのは田舎じゃ滑稽だよ、田舎の作法が宮廷で物笑いになんのとおんなじだ。いつかあんたが言ったけど、宮廷の挨拶じゃいつも手に口づけするってことだが、宮廷にいるもんが羊飼いだったらそんな作法は不潔だよ。

タッチストゥン　それを証明してみな、簡単明瞭に、さあ証明してみな。

コリン　だって、おれたちはいつも羊に触《さわ》ってるんだ、そんで羊の毛は知っての通り脂《あぶら》ぎってるんだよ。

タッチストゥン　それじゃ、宮廷人の手は汗をかかないって言うのかい？　羊の脂も人間の汗も健全無害ってことじゃないかね。青臭い、青いよ。もっとうまく証明しろ、さあ。

コリン　それにおれたちはごつい手をしてるんだ。

タッチストゥン　それだけ唇に感じやすいってことだな、まだ青いな。もっとしっかり証明してみな。

コリン　おまけに羊の傷の手当てには、よく松脂《まつやに》を塗《ぬ》ってやるんで、手は松脂《まつやに》で汚《よご》れている、松脂に口づけしろって言うのかい、宮廷人の手には麝香《じゃこう》がつけてあるんだろうが。

タッチストゥン　まったく青臭いやつだ！　おまえは上等肉と比べれば、まず蛆虫《うじむし》の餌《えさ》ってとこだ。賢人から学んでよく考えるんだな。麝香《じゃこう》ってのは松脂《まつやに》より生れは卑《いや》しいんだぞ、猫の排出した汚《きたな》い分泌液《ぶんぴつえき》なんだ。もっといい例をだせ、羊飼い。

コリン　お前さんの宮廷仕込みの知恵にはたちうちできないよ、やめた。

タッチストゥン　地獄行きのままでいいってことかい？　神様、この青臭い男をお助け下さい、青い鬱血《うっけつ》を抜いてやって下さい！　おまえはまだまだ青いな。

コリン　旦那、おれは本物の労働者なんだ。食べ物は自分で働いて、着る物も自分の力で手にいれる、人は憎まねえ、人の仕合わせは妬《ねた》まねえ、人のいいことは喜ぶ、おれの苦しみはがまんする。おれのいちばんの自慢は雌羊が草を食って、仔羊が乳を吸ってんのを見ることだ。

タッチストゥン　それがまた、おまえの混《ま》じりっ気なしの罪作りなんだぞ、雌羊と雄羊をくっつけ合わせて飯を食おうってんだからな。首に鈴をぶらさげて群を引っ張る親玉に上玉をとりもったり、生まれて一年ばかしの雌羊をかどわかして、不釣合もいいところ、女房に捨てられて角もひん曲がった老いぼれ羊にくっつけるってんだろう。これで地獄堕ちにならなけりゃ、閻魔《えんま》様のほうで羊飼いだけはいらねえって言ってるんだ。それ以外におまえが地獄行きをのがれられることは考えられんな。

コリン　あ、若旦那のギャニミードさまがお出でだ、おれの新しいお嬢さん女将《おかみ》の兄様だ。

（二人退場）

ロザリンドとシーリア、それぞれ紙片を読みながら、中央あるいは上手奥などから別々に登場

シーリア　ともかく、あなたの名がこの辺りじゅうの樹という樹に吊るされたり彫りこまれたりしているのを知って驚かなかったこと？

ロザリンド　あなたが来るまでに、もう驚きっぱなしってとこよ。ほら、これも棕櫚《しゅろ》の木に吊るしてあったのよ。わたくし、ピタゴラス以来このかた、名前をこんなに歌に詠《よ》みこまれたためしがないわ、憶えてないけど、輪廻《りんね》転生《てんしょう》説によれば、わたくしってその昔アイルランドの鼠《ねずみ》で、呪文詩《じゅもんし》に詠《よ》まれて殺されたのかしら。

シーリア　こんなこと誰がしたのかわかる？

ロザリンド　男の人？

シーリア　しかも昔あなたが身につけていた鎖を首にかけてる人。あら、顔色を変えたわ。

ロザリンド　お願い、誰なの？

シーリア　ああ神様、お友達が出合うことはとてもむずかしいことだわ、でも山と山が地震で動いて出合うことがあるのだわ。

ロザリンド　ねえはやく、誰なの？

シーリア　あなた、本当に知らないの？

ロザリンド　ねえはやく、拝《おが》みます、誰なのか教えて。

　……………

シーリア　それは若いエース、オーランドゥ、あの力士の踵《かかと》とあなたの心臓とを、あっという間に同時に跳《は》ね上げ、宙に舞わせた若者だわ。

ロザリンド　いやよ、嘘つきは悪魔だわ！　まじめに娘らしく本当のこと言って。

シーリア　本当にあの人よ。

ロザリンド　オーランドゥ？

シーリア　オーランドゥだわ。

ロザリンド　まあ、どうしよう、こんな男物の胴衣と長靴下の姿でどうしたらいいの？　あなたが会った時、あの人なにをしていた？　何て言った？　どんな格好？　どんな服装？　ここで何をしているの？　私のこと聞いた？　どこに居るの？　別れたときどんなだった？　こんどいつ会うの？　ひと言で答えて。

シーリア　それにはまず、巨人ガルガンチュアの口を借りて来てちょうだい。この時代の人の口の大きさではそれをひと言ではとても無理だわ。その一つ一つの問いに、「はい」「いいえ」で答えるだけでも教義問答よりたいへんだわ。

ロザリンド　だけど、あの人、わたくしがこの森に居るって知ってるの、男の身形《みなり》で居るってこと？　あの人、お相撲の試合をした日のように潑剌《はつらつ》としていた？

シーリア　恋する人の問いにいちいち答えることを思えば、宙に舞う埃《ほこり》だって数えあげられるわ。だけどわたくしがよい塩梅《あんばい》にあの人を見つけた様子をそっと教えてあげるわ、良くその塩梅《あんばい》をみてじっくり風味を楽しむといいわ。

あの人は落ちたどんぐりの実みたいに木の下に居たのよ。

ロザリンド　その様な実を落とすのだから、それはジョウヴの神木と呼ぶにふさわしいわ。

シーリア　話を聞くのよ、お嬢さま。

ロザリンド　その先を話して。

シーリア　あの人はそこに傷ついた騎士のように横たわっておりました。

ロザリンド　それは見るも哀れな情景だけど、地面の場景は生きてくるわ。

シーリア　お願い、あなたの舌を封じこめて。まるで跳《は》ね回る馬みたいに舌がまわってるわ。あの人は狩人の姿をしておりました。

ロザリンド　まあ、不気味！　あの人、私の心を仕留《しと》めようっていうんだわ。

シーリア　わたくし、リフレインなしで歌いたいの、調子を狂わさないでね。

ロザリンド　私が女だってこと忘れないで。思いついたら喋《しゃべ》らないではいられないのよ。ねえ、話をつづけて。

シーリア　あなたうまいわねえ、あら、あの人だわ。……

オーランドゥ登場

ロザリンド　（シーリアに傍白）わたくし気障《きざ》な小姓のものの言い方をして正体を隠し、あの人をからかってみるわ。——もし、森のご住人。

オーランドゥ　はあ、何かご用でも？

ロザリンド　ただ今何時《なんじ》なのか伺いたいのですが？

オーランドゥ　いま何時《なんどき》ごろかと聞いていただきたいね。この森では時計なんてないんです。

ロザリンド　ではこの森ではまことの恋人が居ないということだね、いるなら一分ごとに溜息をつき、一時間ごとに嘆きの声をあげるので、時計と同じように正しく、時のゆるやかな歩みが分かると思う。

オーランドゥ　どうして時のすみやかな歩みと言わないんだね？　そのほうが適切と思うが？

ロザリンド　いや君、それは違う。時は様々な人により、様々な速度で歩むものです。時が、誰にゆるやかな歩みで、誰に跑足《だくあし》で、誰に全速力であるのか、また誰の場合にまったく停止してしまうのか教えてあげましょう。

オーランドゥ　伺います、誰に跑足《だくあし》で？

ロザリンド　婚約して婚礼の日を待つ若い娘御には跑足《だくあし》です。その間ほんの七日間でも、時の跑足《だくあし》で揺《ゆ》さぶられるので辛抱できず、七年ほどにも思われます。

オーランドゥ　時のゆるやかな歩みは誰に？

ロザリンド　ラテン語ができない神父と痛風に罹《かか》ってない

金持ちの場合です。一方は勉強がやれないから簡単に眠るし、他方は痛みがないから陽気にゆったり暮らせる、つまり一方は骨身を削《けず》る厳しい学問の重荷を背負わないし、他方は哀切極まりない極貧の重荷を知らない。こういう人たちにとって、時は急がずゆるやかな歩みです。

オーランドゥ　全速力で疾駆《しっく》するのは？

ロザリンド　絞首台に向かう泥棒です。どんなにゆるやかに足をはこんでも、あまりにも早く着いてしまうのです。

オーランドゥ　まったく停止してしまうのは誰の場合に？

ロザリンド　休暇中の弁護士の場合です。裁判と裁判との間は眠ってすごすので時の歩む様子が見えないのです。

オーランドゥ　どこにお住まいです、粋《いき》なお兄さん？

ロザリンド　ぼくの妹ですが、この羊飼いの娘といっしょにこの森の外《はず》れに住んでいます、ペティコートの裾といったところですが。

オーランドゥ　この土地の方ですか？

ロザリンド　そこにいる兎が、生まれついた土地に住んでるのと同じです。

オーランドゥ　君の言葉づかいは、この様に辺鄙《へんぴ》な所で身につくとは思えないほど洗練されております。

ロザリンド　みんなにそう言われます。だが宗門《しゅうもん》に入っていたぼくの年老いた伯父が言葉づかいを完璧《かんぺき》に教えてくれたんです。その伯父は若い頃、都で教養を身につけ、宮廷風の作法や恋愛の様式に通じておりました。と言うのはそこで恋をしたこともあるんです。伯父からは、よく多くの恋愛反対論を教えられたものです。伯父はすべての女性一般に対し、馬鹿げた咎《とが》の数数《かずかず》を浴びせておりました。ぼくはその様な咎《とが》に汚《けが》れた女に生れなかったことが、何よりありがたいのです。

オーランドゥ　伯父さんが女を咎《とが》め立てした実質的な罪悪について、何か憶えていますか？

ロザリンド　実質的なものと言えるものはないのです。どれもこれも半ペンス銅貨みたいなもので、似たりよったりというところです。どれもこれも以《もっ》ての外と思えるのですが、次にでてくるのがまた同様に以《もっ》ての外と思えてくるのです。

オーランドゥ　そのうちのいくつか是非お伺いしたいのですが。

ロザリンド　いや、ぼくは病気をしている人のほかに、むやみに治療法を教えたくはないのです。というのはこの森をさ迷う男がおります、若木の樹皮に「ロザリンド」と刻《きざ》み瑕《きず》つけ、山樝《さんざし》の枝には恋歌を、野茨《のいばら》には哀歌を吊るしているのです、実のところそのどれもがロザリンドという名を神格化して崇《あが》めているのです。この色好みの男と出会えたら、何かよい助言が出来ると思います、その男は毎日絶え間なく恋の熱に浮かされているようですから。

オーランドゥ　その恋の熱病にとりつかれている男がわたしなのです。是非とも君の治療法を教えていただきたい。

……………

ロザリンド　だが君はあの詩《うた》に詠まれているほどの恋をしているのですか？

オーランドゥ　どれほどの恋かは詩《うた》にすることも理論づけすることもできないのです。

ロザリンド　恋とはまったくの狂気なのです。だから念をおしますが、狂人《きょうじん》と同じことで、暗い部屋に閉じこめて鞭を呉れてやるのがいちばんです。それなのにそういう鞭打ちの刑での治療がなぜ行われていないのかと言えば、恋の熱病があまりにもはやっているので、鞭打ち人までが恋に落ちてしまったということです。だがぼくは助言でそれを治せると公言します。

オーランドゥ　これまでに誰かを治したことがあるのですか？

ロザリンド　ええ、一人、こんなふうにして治しました。その男がぼくをその恋人、惚れた女と考えて、毎日ぼくに言い寄ることにしたのです。そこでぼくはお天気者のお兄さんだから、悲しんだり、女女《めめ》しく沈んだり、気移りしたり、欲しがったり、喜んだり、威張ったり、気紛《きまぐ》れだったり、いたずらっぽく気取ったり、軽薄だったり、斑《むら》で不揃いだったり、涙もろいがすぐ満面に笑みを浮かべる、という具合に振る舞ったわけです。つまりあらゆる情熱にちょっぴり薬味が添えられて中身はなにもないということになります。女子供というのはだいたいそういった類《たぐい》の動物でしょう、いま或る男を好きになったかと思えばすぐ嫌《きら》いになる、お愛嬌をふりまいたかと思えば、ぷいと知らん振りをする、いま男のために泣いたかと思えば唾《つば》を吐きかけるという具合です。こうしてぼくに言い寄った男は幻想的な恋の狂気から、本物の狂気へと追いこまれたのです。つまりこの世の流れにほとほと愛想《あいそ》をつかし、まったくの世捨て人《びと》のように庵《いおり》にひきこもってしまったのです。これでその男は治りました。おなじ様にしてぼくは恋心のたまり場と言われる君の肝臓をきれいに洗いながして、健全な羊の心臓みたいにしてあげよう。そこには恋など、一点の染《し》みも残さないでしょう。

オーランドゥ　ぼくは治らないと思うよ、お兄さん。

ロザリンド　ぼくは治せると思う、君がただぼくをロザリンドと呼び、毎日ぼくの小屋を訪ねてぼくに言い寄ればですが。

オーランドゥ　では、ぼくの恋の真実にかけてそうしてみます。どこに行くのか教えてください。

ロザリンド　いっしょに行きましょう、ご案内します、その道すがら、君もこの森のどこに住んでいるのか教えていただきましょう。では行きましょう。

オーランドゥ　よろこんで、粋《いき》なお兄さん。

ロザリンド　いや、もうぼくをロザリンドと呼ぶのです。さあ、妹、行きましょう。　（一同退場）

ひとり語り

道化のタッチストゥンは「牛には軛《くびき》、馬には手綱、鷹には鈴といった具合に、人間には情欲がつきもの」とばかり、愛とか女とか結婚とかを俗物根性で揶揄《やゆ》しながら、まことに気軽に、真面目そのもので素朴で初心《うぶ》な山羊飼い娘、オードリィに言い寄り、うまく結婚の約束を取り付けてしまうのである。

そして森の別の一角に目をうつせば、純粋な羊飼いの若者シルヴィウスが、高慢な羊飼い娘のフィービィに言い寄り、蔑《さげす》まれ卑《いや》しめられていた。その場に居合わせたロザリンドが、たまらずに思いあがったフィービィを窘《たしな》めた。ところがこんどはフィービィが「恋をするものは、みんなひと目惚れする」とばかり男装のロザリンドに首っ丈、ロザリンドがその愛を受け入れてくれなければ死んでしまうと言いだした。こうして羊飼いの若者は羊飼い娘に、羊飼い娘はギャニミードこと男装のロザリンドに、叶《かな》えられぬ思いをかけ苦しむことになった。

だがいちばん切ない思いをしているのはロザリンドであった。彼女はオーランドゥの恋の病を癒すためということで、オーランドゥと戯《たわむ》れの恋を演じて居たのだ。オーランドゥの恋の瑕《きず》の切ない痛みを突きながら、実はオーランドゥへの自分自身の遣《や》る瀬ない思いを隠して、いちばん苦しんでいたのである。男装のギャニミードとして、オーランドゥの愛の告白をからかいながらうけて、本心では何よりも喜んで恍惚《こうこつ》としていた。

そのようなとき、オーランドゥが約束の時間に何の前ぶれもなく姿をみせないことがおこった。恋人が現われないことに不安と焦燥を感じている折も折、ロザリンドの所に、オーランドゥからの使いが血まみれのハンカチを手にしてやって来た。聞けばその使いの男は、かつて薄情にも弟オーランドゥの生命までねらった兄のオリヴァであった。森のなかをさ迷ううちにライオンに襲われかけたところを、寛大な弟オーランドゥに助けられたのであった。だがオーランドゥ自身はライオンに腕を嚙《か》まれ、ここでロザリンドと呼びかけている若者と会う約束が果たせなくなった、ついては血まみれのハンカチを渡して詫びてほしいということであった。ギャニミードことロザリンドは驚きのあまり失神してしまった。ところが介抱にまわったエィリーナことシーリアとオリヴァが互いにひと目惚れとなった。こうしていつの間にか、まわりの者はみな、それぞれに連れ合いをみつけてしまった。

幻想の恋の世界、魔法の世界に取り残されているのは、ロザリンドとようやく傷のよくなったオーランドゥのたった二人だけとなった。オーランドゥはもはや戯《たわむ》れの恋に甘んじることができなくなったのである。そして誰よりもロザリンド自身こそ幻想の恋からまっさきに解放されたいと願っているその人であった。ロザリンドにとって、長い長いまわり道のはてに、ようやく夢と幻想の世界から解放されて現実に戻り、自分の気のむくまま思うままに恋の実体を突き止めて、愛の喜びに浸《ひた》る時が到来したのである。

舞台6　森

ロザリンドとオーランドゥ、連れだって登場

オーランドゥ　兄たち二人に明日結婚してもらい、婚礼の式には公爵をお招きするつもりです。だがほかの人の眼をとおして幸福のすがたを窺《うかが》うことのなんと辛いことよ！　明日、自分の望みがかなえられて仕合わせそうな兄の姿を思えば思うほど、ぼくの心は重くどん底に落ちこむでしょう。

ロザリンド　それではぼくには君のために明日はロザリンド役がつとまらないというのですか？

オーランドゥ　ぼくはもう絵空事《えそらごと》では生きていられないのです。

ロザリンド　ではぼくもこのうえ実のない無駄口をたたくのはやめましょう。お気に召せば信じていただきたいのだが、ぼくには不思議な力があるのです。三才の時からある魔法使いに教えをうけたのです、その人の魔法は神秘の極に達していながらも黒い妖術ではありません。もし君が見た目通りに心底からロザリンドを愛しているのなら、君のお兄さんがエィリーナと結婚する時に、君もロザリンドと結婚できるようにしてあげましょう。彼女がいまどれほどの窮地に追い詰められているのか、ぼくにはわかっております。もし君にとって不都合でなければ、明日、彼女にあるがままの人間の姿で、しかも何の危険もともなわずに、君の目の前に立ってもらうことが、ぼくには出来るのです。

オーランドゥ　本気で話しているのですか？
ロザリンド　そうです。ぼくの生命にかけてです。ぼくは魔法使いだと言いましたが、自分の生命は大切にしています。だから君は晴れ着をきて、友人たちをお招きするがよいでしょう。君に明日結婚するお気持ちがあるならさせてあげましょう。そして本気でお望みならロザリンドとね。……　（二人退場）

老公爵、オーランドゥ、その他従者たち登場

老公爵　オーランドゥ、君は本当に信じておるのか、
その若者が約束した通りに
すべてを実行できると思うておるのか？
オーランドゥ　ある時は信じ、ある時は疑っております。
希望をもちながら疑い、疑いなく
恐れているもののように。

ロザリンド、シルヴィウス、フィービィ登場

ロザリンド　もう一度失礼いたし、
約束事を繰りかえして念をおしたいのです、
公爵様は、私がお嬢様のロザリンドをお連れすれば、
ここいるオーランドゥに賜わるとのおことばでしたね？
老公爵　喜んでそうする、
たとえ王国をそえてやるにしてもだ。
ロザリンド　そして、あなたはお連れしたその人を
妻とするのですね？
オーランドゥ　喜んでそうします、
たとえぼくがあらゆる王国の王様であろうとも。
ロザリンド　それに、お前はぼくがその気になれば
ぼくと結婚すると言ったね？
フィービィ　そうするわ、たとえ
その一時間後に死ぬことになってもいいわ。
ロザリンド　だけど、もしお前がぼくとの
結婚を止《や》めるときには、
このいちばん誠実な羊飼いのものになるんだね？
フィービィ　そういう取り決めだったわ。
ロザリンド　お前はフィービィがその気になれば、
いっしょになりたいのだね？
シルヴィウス　いっしょになったら
死ぬんだってことでもいいよ。
ロザリンド　ぼくはこれらすべてのことを
一遍《いっぺん》に片づけてしまうと誓いました。
では約束をお守りください……
さあ、そしてぼくはこのすべての謎《なぞ》を解くために、
ひとまずここから消えましょう。

（ロザリンドとシーリア退場）

老公爵　なにやらあの羊飼いの若者には、
娘の面影が生き写しの様な気がしてならないのだ。

オーランドゥ　公爵様、私もはじめて
あの若者に会った時には、
お嬢様のご兄弟ではないかと思ったのです。
だがあの若者はやはりこの森の生れで、伯父様のもとで
奇怪千万《きかいせんばん》な研究の手ほどきを数多《あまた》うけております。
その伯父様は大いなる魔術師で、この森のどこかに
身を隠して住んでいると申しております。……

心和《なご》む静かな音楽——婚礼の神ハイメンとその従者たち、
ロザリンドとシーリア登場

ハイメン　天に喜びあふれ在り
地上のことごとみな
一つに和《やわ》らぐそのときに。
よき公爵よ、娘をうけよ、
ハイメンが天より連れし女、
いざこの地に、
たがいに心かよう者
手に手を取らすは汝がつとめ。

ロザリンド　（公爵に）この身をあなたに捧げます、
私はあなたのものですゆえ。
（オーランドゥに）この身をあなたに捧げます。
私はあなたのものですゆえ。

老公爵　この眼に狂いがなければ、お前はわたしの娘だ。

オーランドゥ　この眼に狂いがなければ、
あなたはぼくのロザリンド。

フィービィ　この眼にうつる姿がほんとなら、
ああ、あたしの恋よ、さようなら！

ロザリンド　（公爵に）あなたがそうでないならば、
私に父はおりません。
（オーランドゥに）あなたがそうでないならば、
私に夫はおりません。
（フィービィに）あなたがそうでないならば、
私に連れ添う女はおりません。

ハイメン　静まれ！　騒ぎはやめよ。
世にも不思議なこの出来事、
締《し》め括《くく》るはわがちから。
ここに寄り合う八人が
もし真実に背《そむ》かねば、
ハイメンが結ぶ縁
手に手を取って添わせよう。
（オーランドゥとロザリンドに）

如何な障害あろうとも汝と汝は分けられぬ。
（オリヴァとシーリアに）
終生を添うために汝と汝を心がむすぶ。
（フィービィに）
女を夫とするよりは
添うがよい、汝を愛する男に。
（タッチストゥンとオードリィに）
汝と汝は固くきつく結ばれよう
冬空がきつい天気にむつむごと。
（一同に）
われら婚礼祝い歌うとき、
汝らここに寄り合う不思議を
互いに尋ね合い、筋道《すじみち》たてて、
めでたき終りを喜ぶがよい。

歌

（従者の貴族たちも声を合わせて歌う）

婚礼はジューノゥの宝冠、
共に食し共に寝《い》ぬる縁《えにし》に幸あれ！
町々に人を増《ふ》やすはハイメンのちから
されば称《たた》えよ婚礼を、厳《おごそ》かに。
誉れあれ、いと高く、称えよ
町々の神、ハイメン！

（一同抱き合い、踊りながら退場）

ひとり語り

嬉しい婚礼のさなか、サー・ロゥランド・ド・ボイスの次男、つまりオリヴァの弟、オーランドゥの兄にあたるのだが、ジェイクィズ・ド・ボイスと名乗る男がやって来た。兄弟二人の婚礼に花をそえる吉報をもって来たのである。現公爵フレデリックが老公爵の生命をねらってこの森に兵を進めて来たが、森に住む年老いた隠者との問答《もんどう》のすえに感化され、前非を悔い改めて、兄である老公爵に、公爵の地位と一切の権力を返還し、自らは世を捨て隠者になるという知らせであった。広い森の一隅に二重三重の喜びの声が湧きあがった。そして馥郁《ふくいく》たる森の香りを満喫しながら、辺りいっぱいに広がって歌い踊り、婚礼の祝いを楽しんだ。（音楽）

声　さて恋の大詰めは目出度し目出度しが世の習い、その道のりは遠いのか、近いのか、皆さんはどちらをとりますか？　どうぞ「お気に召すままに」！

TWELFTH NIGHT

十二夜

◆**登場人物**

オーシーノゥ　イリリアの公爵
セバスチャン　ヴァイオラの双子の兄
アントゥニオ　セバスチャンの友人、オーシーノゥ公がかつて戦った敵方の船長
サー・トゥビィ・ベルチ　オリヴィアの叔父
サー・アンドルー・エイギュチーク　富裕な青年貴族
マルヴォーリォ　オリヴィアの執事
フェイビアン
フェステ（道化）　オリヴィアの召使い
オリヴィア　富裕な伯爵家の跡取り姫
ヴァイオラ　シザーリオの別名で、オーシーノゥ公爵に仕える小姓
マライア　オリヴィアの侍女
貴族たち、神父、水夫たち、役人たち、楽士たち、従者たち

＊＊＊　　＊＊＊

語り手
◆語りのなかだけの主要な登場人物
もう一人の船長　ヴァイオラのイリリア出身の友人

◇◇◇　　◇◇◇

◆**場面**
イリリアの町と海岸

ひとり語り（語りに合わせて黙劇などを演じてもよい）

アドリア海を挟《はさ》んでイタリアに相対する公国、イリリアを治めていたのが、オーシーノゥ公爵であった。オーシーノゥ公は裕福な伯爵家の跡取り姫、オリヴィアをみた瞬間、恋のとりことなってしまった。そこで日ごとにその思いを募らせ姫の許へ求愛の使いを送ることにした。ところがオリヴィア姫は亡くなった兄君への悲しみのあまり、今後七年の間、邸内に引き籠《こも》り、誰とも会わずに修道尼《しゅうどうに》のように暮らすと誓いをたててしまった。

さて、このイリリアの海岸に双子の兄妹が難破船から九死に一生を得て、それぞれ別の地点に漂着した。二人は互いの生存を密かに願いながらも、まず絶望していた。イリリア出身の船長とともに漂着した妹のヴァイオラは、船長からお兄さんにも運が向いていたはずと励まされた。そして男装し、名もシザーリオと変え、しばらく身分を隠すことにした。その船長の推薦で運良くオーシーノゥ公爵に小姓として仕えることになった。

公爵のお気に入りの小姓としてシザーリオと名乗るヴァイオラは、公爵のために早速オリヴィア姫を口説《くど》く役目をおおせつかった。ところがシザーリオことヴァイオラ自身が、公爵に思いを寄せてしまったのだ。自分こそ、その奥様になりたいと胸を焦《こ》がす公爵のために、ほかの女《ひと》を口説かなければならないとは、なんとも皮肉なつらいめぐり合わせとなった。ヴァイオラは男装の小姓ゆえに、どんなに公爵に恋い焦がれても思いは遂げられないとやむなく諦《あきら》めることにした。しかし公爵とただ二人だけのお目通りとなると、思い切り恋慕の情を仄《ほの》めかすのであった。しかし公爵には一向に通じない。なんとももどかしく、ただ歯痒《はがゆ》いばかりであった。

舞台1　公爵宮廷の一室、甘いメロディの音楽

公爵、ヴァイオラを従えて登場

公爵　うまいことを言う。若いながらも、お前はきっと思う人に目を奪われたことがあるに違いない。

ヴァイオラ　少しばかり、あなた様のおかげです。

公爵　どんな女かね。

ヴァイオラ　あなた様のような面立《おもだ》ちの。

公爵　それなら、お前には値しないぞ。いくつだ。

ヴァイオラ　あなた様ぐらいです。

公爵　ほう、それは年上すぎる。女はいつも年上の夫をもつのがよい。そうすれば女は夫とうまくおり合い、

いつまでも夫のお気に入りでいられるのだ。
それというのも、われわれ男というものは、
どれほど自慢してみたところで、
女よりも浮気できまぐれ、
目移りがはげしく、惚れたと思うとすぐに
飽きてしまうのだ。

ヴァイオラ　そのようでございます。

公爵　だからお前の恋人も年下がよい、
さもないとお前の愛情も長続きしないぞ。
女はバラの花だ。美しい花はひとたび
開いたかと思うと途端に散ってしまう。

ヴァイオラ　まったくその通りでございます。
悲しいながら、まさしくそのようでございます。
花の盛りとなるその時に散りゆくのです。

＊　＊　＊

公爵　いま一度だが、シザーリオ
あのこの上なく無情な姫の所へ行って
伝えてくれ、わたしの愛はこの世界より貴いもので、
卑しい土地の広さなどを勘定《かんじょう》にいれてはいないのだと。
運命があの姫に授けた財宝や身分など、
運命と同様に当てにはならぬと思っている。
わたしが心を引かれたのは、自然があの姫を装《よそお》い飾った
あの奇跡、珠玉の美しさなのだと伝えてくれ。

ヴァイオラ　もしあの方があなた様を
愛せないと言われたら？

公爵　そのような返事は聞こうとは思わぬ。

ヴァイオラ　でもそれは仕方がないことでしょう。
たとえば、どこかにきっといるはずですが、
かりにひとりの女があなた様に恋い焦がれて、
ちょうどあなた様がオリヴィア様の為に胸を焦がしてい
るように苦しんでいるとします。
あなた様はその女を愛することができないので、
できないともうします。とすれば彼女はその返事を聞か
ないわけにはいかないと思いますが？

公爵　女の胸では今わたしの心に脈打つ愛のように
激しい情熱の鼓動に耐えられるものではない。
これほど深い愛情を入れるだけ大きな心をもつ女は
おらぬ。それを宿す力がないのだ。
悲しいかな女の愛は食欲のようなもの、
心底《しんそこ》から湧き出たものではなく舌触《したざわ》りだけが
頼りなのだ。だから満腹、食傷、嘔吐となる。
だがわたしの愛はいつも飢《う》えている。

その空《す》きっ腹は海のように
果しなく、呑み込むとすぐに消化してしまう。
女がわたしによせる愛と、わたしがオリヴィアに
いだく愛とをくらべてはならぬ。

ヴァイオラ　でもわたくしは知っております。

公爵　なにを知っておる?

ヴァイオラ　女が男にどれほどの愛をささげるかをよく
　知っております。
わたくしたち同様に、女もやはり本心からまことの思い
　をよせるのです。
私の父に娘が一人おりまして、
ある男を愛しておりました。
それは私がかりに女であったなら、おそらく
あなた様に抱いたであろうような深い愛でした。

公爵　それで、その話はどうなった?

ヴァイオラ　白紙のままでございます。自分の恋について
　語ろうとせず、
蕾《つぼみ》にひそむ虫のように、ひっそりと隠して
薔薇《ばら》の頰を蝕《むしば》ませました。思い苦しみ青ざめて
憂《うれ》いにやつれ、石碑に坐した忍耐の像のように
悲しみながらほほえんでおりました。
これこそが愛ではないでしょうか、本当に。
わたくしたち男は多くの言葉、多くの誓いを口にします
　が、実際には心よりも見せかけでございましょう。
と申しますのはわたくしどもは
いつも誓いは余るほど立てますが愛情は足りないのです。

公爵　だがお前の妹はその恋ゆえに亡くなったのか?

ヴァイオラ　父にとって娘も息子もわたくしひとりで
ございます。まだわかりませんが。
ご主人さま、お姫さまの許へわたくしまいりましょう。

公爵　そう、それが本意であったな。
急いでくれ、この宝石を手渡してくれ。わたしの愛は
消えることはないと言うんだよ、どれほどお断わりなさ
　ろうとな。

ひとり語り

　さてヴァイオラは心に染《そ》まない使い走りも、恋をする公爵さまの為とでかけた。そして執拗《しつよう》にオリヴィア姫との面会をせまったところそれも叶えられた。ところが困ったことにオリヴィア姫がヴァイオラの物腰、言葉づかいに魅惑されてしまった。そこで姫が、ヴェールをはずしての接見となった。姫に迫るヴァイオラの言葉は美しく詩的で、まるでヴァイオラ自身が公爵に対する恋心をつづっているようであった。これにすっかり心を奪われ

たオリヴィア姫は、なんとシザーリオことヴァイオラに自ら身を焼く破目に陥《おち》てしまった。こんなわけでオリヴィア姫はすっかり取り乱してしまった。立ち去るヴァイオラの後を執事のマルヴォーリオに追わせて、指輪を忘れ物と偽ってまでむりやりに押しつけるという小細工を弄《ろう》したのである。独りになったオリヴィアは思わず口走った。

舞台2

オリヴィア邸の一室

オリヴィアうっとりと思いにふけっている

オリヴィア　まぁ、どうしたのかしら？
こんなにも早く恋の病にかかってしまうものかしら？
あの若者の端正な男前《おとこまえ》が知らぬまに
私の目のなかにこっそりしのびこんでいるのだわ。そう、なりゆきまかせだわ。…
何がどうなのか少しもわからないの。美貌に目がくらみ、心はまるでむきだしだわ。
運命よ、力のままに。わたしたちにはどうにもならない。
すべてはきまった通りになるはず。だから成るがままにがよいと思うの。
（退場）

声　ヴァイオラもまた独り呟《つぶや》くのです　（暗転、場面は街路）

ヴァイオラ登場
ヴァイオラ　さて、これからどうなるんでしょう。わたしのご主人さまはお姫さまにひどくご執心《しゅうしん》、
男で女という哀れなわたしはご主人さまが大好き、
そしてお姫さまは的外《まとはず》れにもこの私に首ったけ。
いったいどうなるんでしょう。私は男ってわけだからご主人さまを愛しても望みはないし、
女なのだから——ああかわいそうに——
お姫さまがどんなに
溜息まじりにわたしに焦がれてもどうにもならない。
ああ時よ、この縺《もつ》れを解きほぐすのはお前さま、
私ではない。
こんなにきつい結び目はわたしの手ではとても解《ほど》けないわ。
（退場）
ひとり語り
こうして女主《おんなあるじ》が男装のヴァイオラの恋のとりことなってそわそわしている時、屋敷のなかでは、馬鹿騒ぎがつづいていた。騒いでいたのはオリヴィア姫の叔父で居候のサー・トゥビィと富裕な青年貴族サー・アンドルーであった。アンドルーはオリヴィア姫に恋慕していたが、

頭が弱いのでトゥビィに下駄をあずけて頼りきっていた。二人が厳《いかめ》しい顔つきで勿体振る執事マルヴォーリオに楯《たて》突いたことから邸内にあらたな波紋が広がりだしたのである。

舞台3 オリヴィア邸の別の一室

サー・トゥビィとサー・アンドルー登場

トゥビィ こっちへおいでよ、サー・アンドルー。真夜中過ぎて床に就いてないってことは、早起きしてるってことだ、「早起きは健康の為」ってことを知ってるだろう。

アンドルー 知らないよ、ほんとに。けど「宵っぱりの朝寝坊」ってのは知ってるよ。

トゥビィ それは間違った結論だね。そんなの空徳利《からどっくり》みてえに大嫌いだ。夜中過ぎまで起きてるってことは、それから朝早く床に入るってことだ、だから夜中過ぎに寝るってことは早寝ってことだろ。おれたちの生命《いのち》は火と風と土、そして何たって水なんだ、この四大要素で成り立ってんだろう?

アンドルー うん、そういう話だね。けどぼくはなんたって飲み食いで成り立ってると思ってるんだがねえ。

トゥビィ お前さんすごい学者だ。そこでひとつ共に飲みかつ食らうとしよう。マリアン、酒だ!

道化登場

アンドルー やぁ、阿呆のお出ましだ。

道化 よう、お二人さん、「われら三人間抜け者」って絵看板を見たことござんせんか?

トゥビィ おまえで三人だな、間抜け。さぁいっしょに追っかけ歌だ。

＊　＊　＊

追いかけ歌

マライア登場

マライア まあ、なんてドンチャン騒ぎなの? お嬢様が執事のマルヴォーリオに言いつけて、あなた方を追い出すことうけあいよ。

トゥビィ お嬢さんなんざ、ぺてんよ、俺たちゃ業師《わざし》、マルヴォーリオなんざ人でなし、それで「陽気な三人組よゥ」と。俺様は親族じゃねえか、お嬢さまの血縁じゃねえのか、へったくれの温情《おんじょう》さまだい。(歌う) 〝おん嬢さま、おん嬢さま、バビロンに住みし男あり〟

道化 まいったね、旦那のこのみごとな阿呆ぶり。

アンドルー まったくだ、その気になりゃ、うまいもんだ、ぼくだって出来るよ。この人のは見てくれはいいが、ぼくのは見たまんまでいけるよ。

トゥビィ　(歌う)「時は師走ゥー日を数えれば十二日ィー」

マライア　お願いだから、静かにしてよ！

マルヴォーリオ登場

マルヴォーリオ　お歴歴、気でも狂われたか？　どうなされたのか？　この真夜中に、鋳掛《いか》け屋よろしく大騒ぎとは？　お嬢さまのお屋敷を飲み屋になさるおつもりか、ぼろ靴直し屋が歌う追いかけ歌なんかにあたりかまわず声張りあげるとは？　場所と身分と時間をわきまえなさらぬのか？

トゥビィ　時間なら、追っかけ歌の拍子でわきまえてらぁ、この死に損《そこ》ない。

マルヴォーリオ　サー・トゥビィ、率直に申しましょう、お嬢さまからのご伝言です。あなたをご親族としてお屋敷におかれてはおるが、あなたのご乱行には縁《えん》がない。あなたが不身持《ふみも》ちと縁を切られるなら歓迎しましょう。もしそれがおいやで、お嬢さまとお別れになりたければ、よろこんで袂《たもと》を分かちたいと仰せでございます。

トゥビィ　(歌う)さようなら、きみいとし、行かねばならぬ。

マライア　およしなさい。目つきでわかる、死に目は近い。サー・トゥビイ、ねえ。

マルヴォーリオ　あきれたものだ。

トゥビィ　(歌う)だが、断じて死なぬゥ。

道化　(歌う)サー・トゥビィ、倒れ果てるゥ。

マルヴォーリオ　たいした誉れよ。

トゥビィ　(歌う)男に別れを言おうか？

道化　(歌う)別れを言って何とする？

トゥビィ　(歌う)別れを言おうか、許さぬままに。

道化　(歌う)いや、いや、いや、その勇気はありませぬゥ。

トゥビィ　(道化に)調子がはずれたぞ、うそつきめ。(マルヴォーリオに)ただの執事だろう？　てめえが潔癖《けっぺき》ぶりやがっているんで、飲めや歌えのはしゃぎっぷりがいけねえってのか？

道化　そうだ、まったくしょうがねえ、ショウガ湯だって飲んでらあ。

トゥビィ　うまいッ、当たり！　さぁ失せろ、せいぜいパン屑で執事の鎖でも磨いてろ。さぁ、酒だ、マライア！

マルヴォーリオ　さてはマライアさん、お嬢さまのご恩を踏みにじるおつもりがないなら、かりそめにもこのような不行跡の手助けをしてはなりませんぞ。必ずやお嬢さまのお耳に達しまする。

（マルヴォーリオ退場）

マライア　まるでお馬鹿さん！

アンドルー　あいつに決闘を申しこんで、そのままほったらかしてふいにする、こりゃ、すきっ腹にキューと一杯やるように気持いいよ、きっと。

トゥビィ　やれ、やれ、お偉いさん。決闘状はおれが書いてやろう。それとも君の憤慨《ふんがい》ぶりを口頭で伝えてやろうか？

マライア　ねえ、まって、サー・トゥビィ、今夜のところは我慢してちょうだい。お嬢さまは今日、公爵さまの若いお使いが来てからってものはなにかそわそわして落ちつかないのよ。マルヴォーリオの殿御《とのご》のことはわたしにまかせてちょうだい。あたしあの人をうまくだましてからかってやるわ、みんなのお笑い草にできないようでしたら、あたしってひとりで寝る智恵もないほどのお馬鹿さんと思って結構よ。絶対うまくやるわ。

トゥビィ　教えろ、教えろよ。あいつのこと何か言えよ。

マライア　ねえ、あの人、時々ピューリタンみたい。

アンドルー　おお、そうと気がついたら、犬っころみたいに引っ叩《ぱた》いてやったのに。

トゥビィ　なんだって、ピューリタンってことだけで？　その極上の理由ってのがあったら聞かせてもらいたいね、お偉《えら》いさん。

アンドルー　極上の理由ってのはないけど、上出来の理由ならあるよ。

マライア　それがピューリタンなんかじゃないのよ、しっかりした主義なんて何もない、ただの日和見《ひよりみ》主義で気取り屋の阿呆なの。大仰《おおぎょう》な言葉をおぼえこんでは、やたらめっぽうに吐き出すってわけ。それにたいへんな自惚《うぬぼれ》屋さんで自分こそいいとこずくめの絶品人間だと思いこんでいるんで、自分を見たら誰だってころり惚れこむにきまってると信じているんだわ。仕返しにはそこがつけめってわけよ。

トゥビィ　どうするんだい。

マライア　あの人の通り道に宛名不明のラブレターを落しておくの。その中に書いてあるひげの色、足の形、歩き方、目つきやおでこの様子などから、これはてっきり自分に宛たものに間違いないと思いこませるのよ。わたしはあなたの姪御のお嬢様そっくりの字が書けるんですよ。前に書いたものなんか、なかみは忘れたけど、どっちが書いたのか二人ともわからないくらいよ。

トゥビィ　こりゃ傑作だ！　おまえさんの腹は読めた。

アンドルー　その腹、ぼくも探りあてたね。

トゥビィ　あいつはお前さんの落した手紙を姪が書いたも

のと思いこむ。そして姪があいつに首ったけなんだと自惚れやがるってわけだな。

マライア　ほんと、わたしの狙《ねら》いはその自惚れなのよ。

アンドルー　それでその自惚れが岡惚れとは面白いや。

マライア　ほれぼれするわ、この狙い。

アンドルー　ほんとうにお見事だよ。

マライア　お見事なお楽しみうけあいよ。わたしの薬の効能は万全、お二人と、それに道化師さんもね、あの人が手紙を拾うところを物陰でよぅくご覧じあそばせ、読んでどう取るかそれはお楽しみですよ。今夜のところはもうお休みになって、この大詰《おおづ》めの面白い夢でもごらんあそばせ。ではおやすみなさいまし。（退場）

トゥビィ　おやすみ、アマゾンの大女王。

アンドルー　なんとも、見上げた女だ。

トゥビィ　純血統のビーグルみてえだ、ちっちゃいが見上げた女だ。それでこのおれ様にぞっこん惚れこんでおる。どうだい？

アンドルー　以前ぼくも惚れこまれたよ。

トゥビィ　さあ床に就くとしよう、お偉いさん。君は、もっと金を取り寄せないといかんな。

アンドルー　ぼく、姪御さんが物にならんと、物の見事に丸損だな。

トゥビィ　金を取り寄せるんだ、お偉いの。最後に姪っ子が物にならんかったら、おれが世間の物笑いになって阿呆呼ばわりされたって物じゃないね。

アンドルー　そりゃあそうだよ。あんたがどう思おうと必ず阿呆呼ばわりするよ。

トゥビィ　さぁさぁ、酒をあっためよう。もう寝るには遅すぎるってことだ。いざ、わが騎士よ。（二人退場）

ひとり語り　（語りに合わせてマルヴォーリオの黙劇）

さてマライアの落した手紙を拾ったマルヴォーリオは、有頂天となった。お嬢様に愛され慕われていると自惚れてしまった。そこでお嬢さまを娶《めと》り、お嬢さまと主従の間柄が逆転する日を夢みて喜んだ。そこで手紙に書かれている通りの奇妙な振舞い、奇妙な姿でお嬢様の前に現れることとなった。それはお嬢様の大嫌いな黄色い靴下、十字の靴下どめという身拵《みごしら》えであった。おまけにいちばんお嬢様のご機嫌をそこね易いニタニタ笑いで、親族には反感、召使いには無愛想、言葉使いは荘重ときていたからたまらない。お嬢様はマルヴォーリオの異常ぶりに啞然《あぜん》としてしまった。そこでマルヴォーリオの一切の面倒を叔父のトゥビィに託してしまった。マルヴォーリオは哀れにも、いたずら者たちの気のむくままにからかわれ、悪魔に憑《つ》かれた狂人《きょうじん》あつかいをされることになった。暗室に閉じこめられて、悪魔払いの屈辱をうける破目になったのである。

これをよそに、オリヴィア姫はシザーリオことヴァイオラに夢中になり、恥も外聞《がいぶん》もなくヴァイオラを口説《くど》くことになった。これを見たサー・アンドルーはオリヴィア姫への求愛をあきらめて、国許《くにもと》へ帰ると言いだした。ところがオリヴィアの召使いフェイビアンは、それこそオリヴィア姫がサー・アンドルーに気がある証拠だと言った。それはサー・アンドルーの胸に嫉妬心をたぎらす為なのだと、言葉巧みになだめたのである。そればかりか、この際ヴァイオラに決闘を申し込んで、騎士としての勇気を示すならば、必ずや姫を物にすることが出来ると信じこませてしまった。大の臆病者のサー・アンドルーが止むなくつきつけた果し状、相手は男装の可憐な乙女ヴァイオラ、順調に果し合いが行われるはずもなかった。そこで間に立つフェイビアンとトゥビィが二人をたきつけることとなった。相手はそれぞれ無双《むそう》の剣士なのだと鳴り物入りで触れ込んだ。どうあっても二人の決闘は避けられないと思いこませたのである。ところが臆病神にとりつかれた二人の果し合いならぬ滑稽な鞘当《さやあ》てに割ってはいる者が現れた。ヴァイオラの双子の兄、セバスチャンの親友アントゥニオであった。話は思わぬ方向に展開することになった。

そのアントゥニオは溺れかけたセバスチャンを救助して、共にイリリアの別の海岸に上陸した船長であったが、困ったことにかつてオーシーノゥ公の敵艦隊の船長でもあった。その為イリリア領内には恨みをもつ敵が多かったのである。そこでなるべく出歩かないことにした。そして厚い友情からセバスチャンに財布を自由に使えと渡したのである。こうしてセバスチャンが町の見物を終えて帰ってくるまで宿で待つことになった。ところがこのアントゥニオがセバスチャンを気づかうあまり町に出てきた。そしてヴァイオラの危機を見るや、セバスチャンと見間違えてすぐに助太刀に躍り出たのである。こうしてヴァイオラの窮地は救われた。

ところがアントゥニオ自身は宿敵の恨みから役人に捕えられてしまった。役人に連行されるにあたり、セバスチャンに渡した財布が入用になったと言うが、ヴァイオラには何のことか分らない。人違いと気づかぬアントゥニオも余りのことと啞然《あぜん》とし、何と今の今まで生命をかけて信頼してきたこの容姿端麗な友人セバスチャンが、実は恩知らずの醜《みにく》い人間の偶像であったのかと歎いた。ヴァイオラにとっても当然ながら全く寝耳に水、ただ戸惑うばかりであったのだが、アントゥニオなる人物が兄の名、セバスチャンを熱っぽく口にしたことに驚いた。そして兄の生存の可能性にひとすじの希望をもったのである。

他方、町なかを出歩いている当のセバスチャン自身もまたシザーリオ（ヴァイオラ）と見間違えられて様々な珍体験を強いられていた。自分が夢をみているのか気が狂ってしまったのか、また何とも奇妙な国に迷いこんでしまったと思いあぐねていた。その矢先、シザーリオ（ヴァイオラ）が実は臆病虫と気づいたサー・アンドルーが、町なかで出合ったセバスチャンをシザーリオと取り違えた。今度こそはと殴りかかったのだからたまらない。セバスチャンは武芸にかけてはアンドルーやトゥビィなどではとうてい歯がたたない剛《ごう》のものであった。臆病虫とあなどったシザーリオがめっぽう強いのでまた吃驚《びっくり》仰天《ぎょうてん》。さらにこの場面に来合わせたオリヴィア姫もまたセバスチャンをシザーリオ（ヴァイオラ）と取り違えてしまった。

オリヴィア姫は身内の者たちの不作法と深く詫び、やさしくいたわり言い寄るのであった。理性も五体の感覚も信じられないほどに戸惑いながらも、洪水のように押し寄せてくる幸運の波に、夢ならばいつまでも眠っていたいと願うセバスチャンであったから、オリヴィア姫の求愛を素直に受けいれた。オリヴィア姫にとっても、今の今までの切ない恋が急転直下、幸運な結末に向かったのであるからその喜びは一様ではなかった。二人は早速に神父さまの仲だちで夫婦の契りを結んだのである。

さあこうして人違いの珍騒動はいよいよめでたい大詰を迎えることになったのだが、狂人あつかいをされたマルヴォーリオばかりは惨めであった。ようやくながい悪ふざけから解放されたかと思えば、それは日頃の尊大ぶりへの仕返しだと、一同から冷笑を浴びせられた。マルヴォーリオにとって余りにもひどい仕打ちであった。憤《ふん》懣《まん》やるかたなく、まことに痛ましい限りであった。終幕、二組の仕合わせなカップルが生まれて、人々が陽気にはしゃぐ時にもマルヴォーリオは、ひとり取り残されて、その無念を晴らしたいと願うばかりであった。

舞台4　オリヴィア邸の前

下手よりアントゥニオと役人たち、上手より公爵、ヴァイオラ、他の従者たち登場

ヴァイオラ　あそこに来る方が私を助けて下さったのです。

公爵　あの顔はよく憶えている。この前見た時には戦場に渦巻《うずま》く硝煙《しょうえん》にまみれ、

鍛冶屋の火の神ヴァルカンのようにまっ黒であった。
ちゃちな船の船長だったが
吃水《きっすい》も浅く船体もちっぽけな船を操って、
わが精鋭の無敵艦隊に壊滅的打撃をあたえた、
これには敵愾《てきがい》心も屈辱感もこえて
あの男の武勇を褒め称えたものだが、これはどうしたこ
とだ。

役人1　オーシーノゥ公爵、この男こそあのアントゥニオ
です、
クレタ島からもどるフィニックス号を積荷ごと略奪した
奴です。
タイガ号に襲いかかり、
お若い甥御タイタス様の片足を失わせた者です。
ぬけぬけとこの街の大通りで恥も外聞もなく
私ごとの争いをしておりましたのをひっ捕えました。

ヴァイオラ　この方はご親切にも剣を抜いて私を守ってく
れました。
でも最後に妙な事を私に言ったのです。
気が狂ったとしか考えられません。

公爵　悪名天下にとどろく海賊、海の泥棒、
なんと馬鹿げた大胆さだ、宿怨《しゅくえん》の敵の手に
まんまと陥るとは！

アントゥニオ　オーシーノゥ公爵、
ただ今私に浴びせられました汚名、
失礼ながら返上いたします。
アントゥニオが海賊や泥棒であったためしは
ございません。
ただオーシーノゥの敵であったことは重重《じゅうじゅう》認めます。
魔力にかかって当地に引き寄せられたのです。
おそばに控えておりますその恩知らずの少年は、
荒海の怒り泡ふく口から私が救い出したる者です。
助かる望みはなかったのです。私が命を与え、
惜しみなく愛情をそそぎ、身を捧げ、
正真正銘彼への愛情ゆえに危険に身をさらして
敵方のこの街に入り、彼が襲《おそ》われると見るや
剣を抜いて守ってやりました。ところが
私が捕えられると、危険にまき込まれたくないばかりに、
ぬけぬけと私を知らぬと、面と向ってしらをきり、
瞬《まばた》きするほどの間に、二十年もたったようなよそよそし
さです。
それに、自由に使ってくれと渡した私の財布でさえ、
まだほんの三十分にもならないのに、
全く与《あずか》り知らぬと言う始末です。

ヴァイオラ　そんなことどうして？

公爵　この街へいつ来たのか？
アントゥニオ　今日でございます。それまでの三か月の間、
いっときも、ただの一分も離れたことはないのです。
昼も夜もいっしょにおりました。

オリヴィアと従者たち登場

公爵　さあ、姫がお出でになった、
天女が大地を歩くように。
だがお前さん、この若者はこの三か月間、ずっと私に仕えて来たのだ。
この若者はこの三か月間、君の話は気違い沙汰だ、
だがそのことはまた後にしよう。ひとまず、そこに控え
させなさい。
オリヴィア　公爵様、どうしても差し上げられないことの
ほかにオリヴィアに何をお望みでございましょうか。
シザーリオ、あなた私との約束を守らないのね。
ヴァイオラ　姫さま、何と？
公爵　オリヴィア姫——
オリヴィア　シザーリオ、言い訳はどうなさるの？——
公爵様、ちょっとお待ちになって。
ヴァイオラ　ご主人さまのお話から伺って下さい。私はだ
まってひかえるのがつとめでございます。
オリヴィア　公爵様、いつもと同じ調べのお話でしたら、
音楽の後の騒音に似て、私の耳にはうとましく
ぞんざいに響くのです。
公爵　いつまでも何と残酷なこと？
オリヴィア　いつまでも心が変わらないのでございます。
公爵　何と、かたくなにお心が変らない？　残酷なお方よ、
あなたの無感覚で忌《い》まわしい祭壇に
誰よりも誠実な魂を捧げてきたこの私は、
いったいどうすればよいのだ？
オリヴィア　それはあなた様におふさわしいことを、
何なりと。
公爵　その勇気があれば、
死に際のエジプトの盗賊のように
愛するものを殺さずにはすむまい。
野蛮な嫉妬心も時に高貴な匂《にお》いをただよわすものです。
だがこれだけはお聞きいただきたい。
私の真心があなたに無視され、
あなたの愛情の中に本来占めるはずであった地位から
なぜ私がしめ出されたか、その原因はうすうす
感づいている。だからあなたはいつまでも
大理石のように冷たい心の暴君として生きられるがよい。
だが、あなたがご寵愛《ちょうあい》のこの子は、私も天に誓って
言うが、ことのほか大切に可愛がっている、

この子をその残酷な目から搔き消してやる、
あろうことか主人に成り代わってあなたの
その目のなかの王座に居すわっているのだ。
さあ、来い、小姓。この胸に殺意がわいてきた。
わたしは愛する小羊を生贄《いけにえ》にささげ、
小鳩のなかに巣くう大鴉《おおがらす》の心に恨みをはらすのだ。
ヴァイオラ　そしてわたくしは心底《しんそこ》よろこび勇んで、
あなたのお心を休めるために、一千たびでも
死におおせます。　（公爵に従って歩きだす）
オリヴィア　シザーリオ、どこへ行くの？
ヴァイオラ　愛する方についていきます、
この目よりも、私の命よりも、
妻を愛することがあるならその妻よりも、
はるかにずっと深く愛するお方についていきます。
もしもこれが偽りなら、天にいます神様、
どうか愛を汚した罪として
私の命をすぐにも絶って下さい。
オリヴィア　まあ、恨めしい、何という裏切り！
ヴァイオラ　誰が裏切りました？　誰がご無礼しました？
オリヴィア　ご自分のこと忘れたの？
そんなに前のこと？
神父さまを呼んでちょうだい。　（従者退場）

公爵　（ヴァイオラに）さあ、行こう。
オリヴィア　どこへいらっしゃるの？　シザーリオ、
わたしの夫でしょう、待って下さい。
公爵　夫だと？
オリヴィア　ええ、夫よ。その方も違う
なんて言えないはずです。
公爵　小姓、この人の夫か、お前は？
ヴァイオラ　いいえ、違います。そんな
ことありません。
オリヴィア　まあ、怖いので卑屈になってしまったのね、
ご自分を否定するなんて。
怖がらないで、シザーリオ。
ご自分の幸運をしっかり摑んでちょうだい。
ご自分をわきまえ、そのままで、おれば、あなたは
いま恐れている方と同じ身分になれるのです。

神父登場

まあ、神父様！　よくお出で下さいました。
神父さま、お願いでございます。神聖なお口から
ご披露下さいませ――さきほどは時が熟すまで
内密にしておきたいと思っておりましたが、
今それを公表しなければならない状況となりました。

この若者とわたくしとの間に交わされたことを
お話し下さいませ。

神父　永遠の愛の契りが、お二人の手を互いに重ねて
固められ、互いの唇を清らかに重ねて証《あかし》とされ、
互いに指輪を交わしてゆるぎないものとされました。
そしてこの縁結びの儀式一切は、聖職者としての
私の職権で万事そつなくすまされました。
その時からただ今まで私の時計によりますと、
私は墓場に向って
まだほんの二時間しか歩いておりません。

公爵　ええい、化けておったな、この子狐め！
その化けの皮に白い毛が交る頃には
何ともそら恐ろしいことよ、
それともその二枚舌もうまく回りかねて
自分の罠《わな》にかかって自滅するというのか？
さらばだ、この女を娶《めと》るがよい。
ただし、この後わたしと
会いそうな所へ二度とその足をはこぶでないぞ。

ヴァイオラ　ご主人さま、お言葉ですが――
私はけっして――

オリヴィア　　　まあ、そのような誓いはやめて。
そんなに怖がってばかりいるなんて――
少しは自信をおもちになるものよ。

　　アンドルー登場

アンドルー　大変だぁ、医者だ、サー・トゥビィのところへ医者だ、すぐに。

オリヴィア　どうしたの？

アンドルー　あいつが僕の頭を割ったんだ。サー・トゥビィの脳天も血だらけなんだ。大変だあ、助けてくれえ！ ああ、四十ポンドにかえても、家にいた方がよかったなあ。

オリヴィア　そんなこと誰がしたんです。
サー・アンドルー？

アンドルー　公爵の小姓なんだ、シザーリオって奴だ。臆病者と思ってたら、まっこと鬼の化身《けしん》って男なんだ。

公爵　わたしの小姓だと？

アンドルー　や、やっ、ここにいる！　貴様、理由もなくぼくの頭を割りやがった、ぼくの方はサー・トゥビィにけしかけられたって理由があったんだぞ。

ヴァイオラ　まあ、どうして私に言いがかりなんかつけるんです？　私はあなたに危害を加えたことなどありません。あなたこそ理由もなく剣を抜いたんじゃありませんか、でも私はおだやかに話をして、あなたに怪我をさせ

るようなことはしなかったはずです。

サー・トゥビィと道化登場

アンドルー　血だらけの脳天が怪我だと言うんなら、君はぼくに怪我をさせたってことだ。君は血だらけの脳天なんか何とも思ってないんだろう。そら、サー・トゥビィがよたよたやって来た。もっとあの人から詳しく聞くんだね。あの人が酔っぱらっていなかったら貴様なんか田楽刺《でんがくざ》しにされたんだぞ。

公爵　おお、一体どうなされた？

トゥビィ　どうされたって一緒《いっしょ》でさあ。怪我させられたんですよ。それで終りってこと。（道化に）おい阿呆、医者のディックに会えたか？　阿呆よ。

道化　おお、サー・トゥビィ、あの先生は一時間前からもうべろんべろんに酔っぱらってまさぁ。朝の八時にあの人の目は閉《し》まっちまったんですよ。

トゥビィ　それであのごろつき野郎、踊り八丁、いい気分になりやがってるんだ。おれは酔っぱらいは大嫌いだ。

オリヴィア　この人、下《さ》がらせてちょうだい。誰がこんな騒ぎをひきおこしたの？

アンドルー　僕が介抱するよ、サー・トゥビィ。ぼくら一緒に包帯まいてもらうんだもん。

トゥビィ　お前さんが介抱だと？――低能で脳天ぱあの能無し、人で無しで骨無しの間抜け野郎がかい？

オリヴィア　すぐに寝床へ連れてって傷の手当をしておやり。

（道化、フェイビアン、サー・トゥビィ、サー・アンドルー退場）

セバスチャン登場

セバスチャン　申しわけございません、姫様、お身内の方に怪我をさせてしまったのです。
ですが、血をわけた兄弟であっても、
自衛のためには手加減できなかったと思います。
なぜそのような冷たい目を私に？　そう、
私のしたことでご立腹なのですね。
お許し下さい、いとしい方、ついさきほど
互いに交わした契りに免じて。

公爵　一つの顔、一つの声、一つの服、
そして二人の人間――
三次元の自然の鏡だ、あり得ないものが、今ここにある。

セバスチャン　アントゥニオ、
おお、親愛なるアントゥニオ！
君を見失ってからというもの、
悶悶《もんもん》として針の筵《むしろ》に座る思いであったのだ！

アントゥニオ　セバスチャンか、君は？
セバスチャン　　　疑ってるのか、アントゥニオ？
アントゥニオ　どうやって君は二人になったんです。
一つのリンゴが二つに割れてもこの二人ほど
そっくりなものはあるまい。どちらがほんとうの
セバスチャンなのです？
オリヴィア　なんと神秘的なこと！
セバスチャン　そこに立っているのはわたしか？
わたしには男の兄弟は一人も居なかったし、
神様のようにここかしこに偏在できるはずもない。
妹は一人居たが、何の見境《みさかい》もない荒波に
のみこまれてしまった。
お願いです、あなたは私とかかわりあるお方か、
お国は？　お名前は？　ご両親は？
ヴァイオラ　メッサリーンの生れで父はセバスチャン、
兄もセバスチャンと申し、あなたそっくりの容姿、
身形《みなり》のまま海の墓に沈みました。
もし霊が亡くなった人の容姿、身形《みなり》そのままに
現れるというなら、
あなたは兄さんの姿を借りた霊でしょう。
セバスチャン　たしかに私は霊そのものなのだが、姿は
母の胎内から受けたままの身体でここに居るのです。
もしあなたが女であったら、ほかのことはすべて
符合しているのだから、
あなたの頰に涙を落して言うでしょう、
「よくぞ生きていてくれた、溺れたはずのヴァイオラ！」
と。
ヴァイオラ　父は額にほくろがありました。
セバスチャン　私の父にもありました。
ヴァイオラ　そしてヴァイオラが生れて
十三年をかぞえた日に亡くなりました。
セバスチャン　おお、私の心に鮮やかに残る記憶
そのままです！　父上は妹が十三歳になった
その日に亡くなったのです。
ヴァイオラ　もし私たち二人の幸福を妨げているものが、
私のこの見せ掛けの男の装《よそお》いだけであるなら、
私を抱きしめるのは時も所も運命も一致符合して、
私がほんとうにヴァイオラであるとわかるまで
お待ち下さい。それを確かめるために、
この町のある船長さんの家にご案内いたしましょう。
そこに私の女物洋服があずけてあります。
その船長さんのお力添えで、私はこの公爵さまに
お仕えすることができました。それから後の
私の運命にふりかかりました出来事は、

すべて公爵様とこちらのお姫様との間にかかわるもので
　ありました。
セバスチャン　（オリヴィアに）それでお姫様、あなたは
人違いをなされたのです。
だがものの弾《はず》みには正しい自然の導きがありました。
あなたは乙女と婚約なさるところでしたが、
命にかえて申しますが、決して騙《だま》されたわけでは
ありません。
あなたはその乙女と一体とも言える男と
婚約なさったわけなのだから。
公爵　驚かれることはない。立派な家柄の男です。
こうとわかれば、自然の鏡は真実を映していたようだ。
わたしもこの大変に幸運な難破船の仲間にいれて
いただこう。
（ヴァイオラに）小姓、お前は、わたしを愛するほどに
女性を愛することはないと、
何度も繰り返し申しておったな。
ヴァイオラ　これまで何度も申しましたことを繰り返し
　誓います。
そして天空に昼と夜とを分つ太陽を
いつまでもいだいているように、
それらの誓いのすべてを
変らぬ心にいだきつづけてまいります。
公爵　わたしにその手を、そして
女物の洋服を着たおまえの姿を見せておくれ。
ヴァイオラ　私をはじめてこの海岸に
上陸させてくれた船長さんに
私の女物洋服をあずけてあるのですが、その船長さんは
いま何かの廉《かど》で牢につながれております。
お姫様のご側近、
マルヴォーリオ様の訴えによるそうです。
オリヴィア　すぐに釈放させましょう。
マルヴォーリオをここへ呼んで。
ああ、そうそう、いま思い出したわ、かわいそうに、
あの人、すっかり気が変になってしまったという
話だったわ。

道化が手紙をもってフェイビアンとともに登場

このところ自分のことで精一杯だったので、
あの人のことすっかり忘れていたの。
どうなの、あの人？……
フェイビアン、あの人を部屋から出して
ここに連れておいで。　（フェイビアン退場）
公爵様、もしよろしければ、このような成り行きを

よくお考えいただき、
これまで私を妻とお望みあそばしましたが、
これからは妹と思し召して、同じ日に
婚礼の式をあげてはいただけませんでしょうか、
この私の邸《やしき》で、用意万端私がととのえさせて
いただきますが。

公爵　喜んで姫の、お申し出をお受けしよう。
(ヴァイオラに) さて、お前の主人はお前に
暇をだすことにした。
気立てのよい娘ながら、そのやさしい、
しとやかな育ちを
深く秘めて、性《しょう》に合わぬ勤めによく励んでくれた。
そしてまた長いあいだよくぞわたしを主人と
呼んでくれた。
さあ、この手をお取り、ただ今から、お前が
主人の女 主《おんなあるじ》となるのだ。

オリヴィア　妹になるのね、あなたは。

フェイビアン、マルヴォーリオと共に登場

公爵　気が狂ったというのはこの男?

オリヴィア　　　　　　　　　　はい、そうでございます。
具合はどう、マルヴォーリオ?

マルヴォーリオ　お嬢さま、あなたはわたしに
ひどいことをなされた。
世にもひどいこと。

オリヴィア　　　わたくしが?　マルヴォーリオ?
いいえ、そんなことないわ。

マルヴォーリオ　お嬢さまがなされたんです。
この手紙、よく読んで下さい。
いまさらこれがご自分の筆跡でないなどとは申せません。
できるものなら、筆跡でも文章でもこれと違うように書
　いてごらんなさい。
それともこの封印も、文の配置も
違うとおっしゃいますか。
おっしゃれるはずがない。で、それがおわかりとなれば、
ご自身の名誉にかけてお答えいただきたい、
なぜあなたは私にご好意のしるしをはっきりお示しに
なり、十字の靴下留をして微笑《ほほえ》みながら出て来いとか、
黄色い靴下をはけとか、サー・トゥビィや
下々の者たちに仏頂面《ぶっちょうづら》をしろ、
などとお申しつけになったのです?
そして喜んでご指示どおりに振る舞うと、
こんどは私を投獄し、暗がりに幽閉して
神父を呼び、さんざんに愚弄《ぐろう》なされた、

この世にもひどい仕打ちは、
いったい何のためになされたのです、
なぜなのかお話し下さい。

オリヴィア　まあ気の毒なこと、マルヴォーリオ、
これは私の書いたものではないわ。
たしかに私の字と似ているけど、
これは間違いなくマライアの筆跡だわ。
そう言えば、お前が気がふれたと
最初に知らせてきたのがマライアだったこと、
いま思いだしたわ。
そしたらお前がニヤニヤしながら、
この手紙に指示されているような
風体《ふうてい》であらわれたの。だからお願い、がまんしてね。
ずいぶんひどいからかいをうけたのね。
でもその動機と発案者がわかったら、
お前に原告と判事を兼ねてこの件を裁かせましょう。

フェイビアン　お嬢さま、私に一言お許し下さい。
さきほど来、感嘆目を見張っております、
おめでたいこの時を、喧嘩口論でけがしたくありません。
そういうことのありませんように、ここにつつみ隠さず
白状致します。このマルヴォーリオを計略に乗せたのは
ほかならぬ私とトゥビィでございます。
この人の頑固非礼な人遇《ひとあしら》いに我慢ならず、
やむなくたくらんだのでございます。
手紙はマライアがサー・トゥビィに強く頼まれて
書きました。
その報償としてサー・トゥビィは
マライアを妻としました。
その後にどんな悪戯《いたずら》がつづいたか、
双方がうけた痛手を公平にはかれば
恨みを忘れ、みな笑い転《こ》ける話となりましょう。

オリヴィア　まあ、かわいそうに、お前さん、なんてひどい目にあったんでしょう！

道化　（マルヴォーリオに）まったくだ、これが定めというもの、「或る者は高貴な身分に生まれ、或る者は高貴な身分に昇《のぼ》り、また或る者は高貴な身分に押しあげられることあり」と言う。おれもこの狂言に一役かっていた。サー・トゥパス先生役であったが、それはいいとして、「本当だ、阿呆、おれは気が狂ってなんかいない」とか、憶えておいでかな？「お嬢さま、このような低能分子の戯言《ざれごと》をお喜びになるとは何としたことでしょう。お嬢さまがお笑いにならなければ口をふさがれ喋《しゃべ》ることもできません」とか。かくして運勢は星のいたずら、めぐりめぐって因果な報いがわが身にふりかかるというものだ。

マルヴォーリオ　この恨み容赦なくはらしてやる！

（マルヴォーリオ退場）

オリヴィア　あの人のうけた仕打ち、並み大抵ではないわ。

公爵　あとを追い、なだめてやるがよい。
あの男からまだ船長のことを聞いていないが、
それがわかったら、めでたい時に合わせて、
われわれの深く愛し合う心を繋《つな》ぐ
厳粛な婚礼の式を挙げよう。それまでは、いとしい妹よ、
われわれもここにおいていただきたい。
シザーリオ、おいで。
男の姿をしているうちはこう呼ぶが、
女物に着替えたら、オーシーノウの恋人、
恋の女王となるのだ

（道化のほか退場）

道化　（歌う）
ちっちゃな子供であった時
　ヘイ、ホウ、風と雨
馬鹿げたことも許された
　雨は毎日降るものよ

大人になったらそうでない
　ヘイ、ホウ、風と雨
ごろつき泥棒は追ん出され
　雨は毎日降るものよ

ああ、女房もったそん時にゃ
　ヘイ、ホウ、風と雨
ホラは吹いても運は尽き
　雨は毎日降るものよ

寝床に転《ころ》がったそん時にゃ
　ヘイ、ホウ、風と雨
飲んべでいつも酒浸《さけびた》り
　雨は毎日降るものよ

むかし、むかしはこの世の初め
　ヘイ、ホウ、風と雨
みんなひとつだ芝居も終り
　お気に召すよう毎日やるよ

（退場）

HAMLET
PRINCE OF DENMARK

ハムレット・デンマークの王子

◆登場人物

クローディアス　デンマーク国王
ハムレット　先王の息子・現王の甥
ポロゥニアス　内大臣
ホレィシオゥ　ハムレットの友人
レァティーズ　ポロゥニアスの息子
ロゥゼンクランツ
ギルデンスターン　｝廷臣・ハムレットの元学友
オズリック　廷臣
マーセラス
バナードゥ　｝将校
フランシスコゥ　兵士
ガートルード　デンマーク王妃・ハムレットの母
オフィーリア　ポロゥニアスの娘
ハムレットの父の亡霊
貴族・貴婦人たち、役者たち、楽士たち、兵士・水夫たち、使者・従者たち

＊＊＊　＊＊＊

語り手

◆語りのなかだけの主要な登場人物

フォーティンブラス　ノールウェイの王子

◇◇◇　◇◇◇

◆場面

デンマーク

舞台1　エルシノア城壁、見張台の通路

一方に歩哨のフランシスコゥ、他方の入り口にバナードゥ登場

バナードゥ　誰だ？
フランシスコゥ　おまえこそ誰だ？　動くな、名のれ。
バナードゥ　国王陛下万歳！
フランシスコゥ　バナードゥ？
バナードゥ　そうだ。
フランシスコゥ　きっちり時間どおりに来てくれましたね。
バナードゥ　いま十二時を打ったところだ。帰って休んでよいぞ、フランシスコゥ。
フランシスコゥ　交替は有難いです。ひどく寒いし、気分がすぐれません。
バナードゥ　異常はなかったかね。
フランシスコゥ　ネズミ一匹出ませんでした。
バナードゥ　そうか、ではおやすみ。ホレィシオゥとマーセラスに会ったら急ぐよう言ってくれ、今夜の見張りの仲間だ。
フランシスコゥ　靴音がします、止まれ、誰だ？

ホレィシオゥとマーセラス登場

ホレィシオゥ　この国の味方。
マーセラス　デンマーク王の臣下。
フランシスコゥ　おやすみなさい。
マーセラス　やあ、ご苦労、ご苦労。だれと交替したかね。
フランシスコゥ　バナードゥです。おやすみなさい。（フランシスコゥ退場）
マーセラス　おうい、バナードゥ！
バナードゥ　おーう、どうかね、ホレィシオゥもそこにいっしょかい？
ホレィシオゥ　そこそこに来たよ。
バナードゥ　ようこそホレィシオゥ、マーセラスもようこそ。
マーセラス　どうだった、例のもの今夜もあらわれたかね？
バナードゥ　今のところまだなにも。
マーセラス　そんなものわれわれの妄想に過ぎんとホレィシオゥが言うんだ。
われわれが二度も見たあの恐ろしい姿を信じようとしないんだ。
それで今夜この不気味な時刻にぜひともいっしょに見張りに立ってくれるように頼んだのだ。
またあらわれればわれわれの目が確かだと思うだろうし、

また話しかけてもらえるわけだ。
ホレィシオゥ　くだらんことだ、まず出ないね。
バナードゥ　　まあ、しばし坐れよ。
ここでわれわれが二晩つづけて見たことを
もう一度、君の耳に叩き込んでみたい、
要塞のように頑固にわれわれの話をうけつけない君の耳
にだ。
ホレィシオゥ　　よかろう、坐るとしよう、
そしてバナードゥの話しを聞くとしよう。
バナードゥ　つい昨夜のことであった、
北極星の西寄りのあの星が、
ちょうどいま瞬《またた》いているあの天の一角に
煌《きらめ》きはじめたとき、マーセラスとわたしが、
ちょうど鐘が一時をうつのを聞いたのだ――

亡霊登場

マーセラス　しっ、静かに、見ろ、また来るぞ。
バナードゥ　亡くなった国王そのままのお姿だ。
マーセラス　君は学者だから、話しかけられるはずだ、
ホレィシオゥ。
バナードゥ　先王とそっくりではないか、
見ろ、ホレィシオゥ。
ホレィシオゥ　まったく似ている、奇怪千万、
生きた空《そら》もない。
バナードゥ　話しかけてもらいたいのだ、あれは。
マーセラス　　話しかけてみろ、ホレィシオゥ。
ホレィシオゥ　なにものだ、この真夜中を不法にも
わがもの顔にふるまうとは？
しかもその端正にして凛凛《りり》しい軍装は、
今は亡きデンマーク王のお姿ではないか、
天にかけて命ず、言え。
マーセラス　気に障《さわ》ったな。
バナードゥ　　見ろ、行ってしまう。
ホレィシオゥ　止《とど》まれ、言え、言え、言えというのに。
（亡霊退場）
マーセラス　消えてしまった、答えようともしない。
バナードゥ　どうした、ホレィシオゥ？
まっ蒼《さお》な顔で震えているが。
これはただの妄想ってものではないだろう？
どう思う？
ホレィシオゥ　わたしのこの目で
直《じか》に証拠を見たのでなければ
とうてい信じなかったよ。
マーセラス　先王に似ているだろう。

ホレィシオゥ　まったく生き写しだ。
あの甲冑《かっちゅう》も先王が野心に燃えるノールウェイ王と
一騎討ちされたときに身に着けたものだし、
あの不機嫌な顔は先王がポーランドとの交渉決裂に怒り、
橇《そり》に乗ったポーランド兵を氷の上にうちのめされた時の
　お顔だ、
何とも不思議だ。
マーセラス　こうして、もう二度も、ちょうど真夜中に、
あのようにいかめしい軍装でわれわれ見張りの前を歩か
　れたのだ。
ホレィシオゥ　どう考えてよいのか
はっきりとはわからんが、
事の成り行きを思うと
何やらわが国に災《わざわ》いがおこる前ぶれであろう……

　　亡霊登場

待て、見ろ、またやって来た！
行手をさえぎってやる、祟《たた》りあらばあれ、
止《とど》まれ、まぼろし！　（亡霊腕を広げる）
声が出るなら、口がきけるなら、
話してくれ。
御身《おんみ》に安らぎ、わたしに恵みとなる、
何かしてほしいよい事でもあるなら、
さあ言ってくれ。
この国の運命にかかわる秘密を知っているのなら、
それを知って避けられるかもしれない、
どうか話してくれ。
それとも生前奪い取った財宝を地中深く埋め隠したとい
　うのか、それが心残りで
亡霊は死後地上をさまようというが、そうなのか、
言ってくれ。止《とど》まれ、言え。止《とど》めろ、マーセラス。　（鶏が鳴く）
マーセラス　鉾《ほこ》で攻めかかるか？
ホレィシオゥ　やれ、立ち止まらなければ。
バナードゥ　　ここだ！
ホレィシオゥ　　ここだ！　（亡霊退場）
マーセラス　消えてしまった。
まずい、まずい、あのように威厳そなわる姿に
暴力で立ち向かうとは。
空気のようで攻めてもなんの手応《てごた》えもなく、
ただ空《くう》を切るだけ、うまく遇《あしら》われてしまう。
バナードゥ　何か話そうとした時、鶏が鳴いた。……
マーセラス　鶏の鳴き声がすると消えてしまった。
われらの救い主キリストさまの

ご生誕を祝う季節が近づくと、
暁を告げるあの鳥が夜通し鳴きつづけるそうだ。
そうすることで怨霊《おんりょう》がさまようこともなく、
夜はすっかり清められ、悪い星回《ほしまわ》りも凶とならず、
妖魔《ようま》もあらわれず、魔女も力を失うという話だ、
それほどに神聖で恵みあふれるのがあの季節なのだ。

ホレィシオゥ　わたしもそれは聞いているし、
　ある程度信じてもいる。
だがおお、見たまえ、朝が茜色《あかねいろ》のマントをまとい、
あの東の丘の露をふんでやってくる。見張りもこれで
切りあげよう。で、わたしは思うのだが、今夜見た
ことを王子ハムレットにお伝えしてはどうだろう、
われわれには何も語ろうとしないあの亡霊も、
殿下になら、きっと口をきくに違いない。
　お伝えするのが
われわれの友情であり、また義務として当然と思うが、
同意してもらえるだろうか。

マーセラス　ぜひともそうしよう。で、今朝
お目にかかれる所はわたしがよくわかっている。（退場）

ひとり語り

　デンマーク王子ハムレットは父である先王ハムレットが急逝したので、留学先のウィッテンベルグ大学より急《きゅう》遽《きょ》国に戻った。ところが母は既にハムレットの叔父クローディアスと再婚、王位はクローディアスに継がれていた。新王の下にデンマークの新しい体制が動き出していたのである。ハムレット王子は、かねがね父親である先王ハムレットを理想の君主、理想の父と仰ぎ、新王となった叔父クローディアスを、無定見なそしてふしだらな悪癖に染まった人物とさげすんでいた。その様な男に王位継承権と母親とを同時に奪われた王子ハムレットの衝撃は桁外《けたはず》れであった。

　矛盾だらけの世相がハムレットの心に鉛のように重くのしかかり、世界は一変して陰鬱な闇となってしまった。外観と内実の大きな違いに唖然としたハムレットは、葬儀が終っても喪服を脱ごうとはしなかった。それは深い悲しみの幾分かでも表現したかった為である。しかし、自らうけた精神的な衝撃、消えることのない心の傷は決して形に表わすことが出来ないのだと深く嘆いていた。

　こうして堕落しきった叔父に、いともたやすく靡《なび》き、先王の死後まだ日も浅いのに、いち早く再婚してしまった母親への不信は募るばかりで、母親を卑劣な女、悪の根源とみなすことになった。ハムレットは神さながらの父の息子であると同時に、汚らわしい母親の血もひく身

であることに苛立《いらだ》ち、人生を嫌悪し、はげしい厭世観《えんせいかん》に
苛《さいな》まれるのであった。

舞台2

城内大広間の一隅

国王が新体制についてのべ懸案事項も手際よく処理して、王妃、ポロゥニアス、レァティーズをはじめ貴族たち、従者たちを従えて退場した後、舞台にひとり残ったハムレットが、片手を頬に、その肘をもう一方の手で支え、二歩三歩、そして独白

ハムレット

おお、このあまりに、あまりに固い肉体が溶《と》け
融《と》かされて、露と消えてしまえばよいものを！
さもなければ、せめて自殺を禁ずる神の掟《おきて》が
なければよいのに！　おお神よ、神よ、
この世のいとなみのすべてが、
わたしにはなんとも疎《うと》ましく
陳腐で退屈で無益に思える！
ああいやだ、いやだ！　この世は雑草の伸び放題の庭だ、
それが何の役にも立たぬ種を結ぶばかり、
鼻をつくむかつくようなものばかりが
一面にはびこっている。これほどになろうとは！
亡くなってからまだ二か月！
いやまだ二か月にもならない。
たぐいない国王で現王とは
月とすっぽんの違いだ、深くわが母を愛するあまり、
戸外の風があまり強く母の顔にあたらぬよう
気づかった程だ。天よ！　地よ！
思い出さねばならないのか？
なんと、あの頃の母はいつも父上に寄り添い、
まるで食べるほどにますます
食欲がわくと言わんばかりに
愛に浸《ひた》っていたものだ。それなのにひと月のうちに――
ああ、考えたくもない。弱きもの、
その名はおんな！――
あわれな父上の亡骸《なきがら》に従い、ニオベーのように
涙にむせびながら墓までついて行った母の
あの靴もまだ古びぬうちに――なんと母が、
あの母上までが、――
おお神よ！　ことの道理をわきまえぬ畜生とて、
もっとながく悲しんだであろうに――
叔父なぞと結婚するとは、
父上の弟と、だがわたしがヘラクレスとは
似ても似つかぬように、少しも父上のようでない
　あの男と、ひと月のうちに、

泣きはらした赤い目から
まだ空涙の痛みも消えないうちに、
あの母は結婚したのだ。おお、なんとも許せぬこの早さ、
こんなに手際よく不義の床に急ぐとは！
これはよくない、またよい結果になるはずもない。
だが胸が張り裂けても黙っていなければならないのだ。

（舞台を二度三度気ぜわしく歩きまわる）

なぜだかわからんのだが、近ごろわたしの喜びは全く消えてしまい、日課の運動もすっかりやめてしまった。実際のところ余りに気が滅《め》いり、この美しい大地も荒涼たる岬《みさき》としか見えず、このすばらしい天蓋《てんがい》、大空、みよ、この頭上に被《かぶ》さるみごとな蒼穹《そうきゅう》、金色に光り輝く壮大な青天井、これがわたしには濁《にご》って毒をもつ靄《もや》としか見えないのだ。人間とは何とすばらしい傑作だろう！　理性は気高く、能力は限りなく、動きは明快にして優雅、行いは天使のごとく、洞察《どうさつ》力は神さながら、この世の美の精髄、生あるものの鑑《かがみ》！　それなのにわたしにとっては、ただの塵芥《ちりあくた》のかたまりか？　人間を見ても楽しくはない、そう、女も含めてだ。

（天を仰ぎ一瞬沈黙の後に、退場）

ひとり語り

　ハムレットの厭世《えんせい》観は生命保持のメカニズム、性に対する嫌悪感へと発展していった。男女の交わりは生命誕生の始まりでありながら、またその誘惑が母の不貞《ふてい》をまねいたのである。そこでハムレットの、人間として固執《こしゅう》しつづけようとする思いは先王死後の国政の問題から外れ、男女の情欲問題に傾斜し、不貞を働いた母親への怒りが女性一般に向けられていった。その為、か弱いオフィーリアに当り散らして鬱憤《うっぷん》をはらす人間となってしまった。ハムレットは、かつてオフィーリアを真剣に愛したのであったが、心に深い傷をうけて、ことさらに性の衝動を抑《おさ》え、性を嫌悪し忌避しつづけて、人生を深刻に問い詰めていくことになった。ハムレットがこうした心情をだれに明かすこともかなわず、鬱々《うつうつ》としている時、学友ホレィシオゥがマーセラスとバナードゥを伴って先王の亡霊の出現を伝えてきたのである。
　それはエルシノアの城の高台で、歩哨が夜の見張りをしていると、頭から爪先まで、甲冑《かっちゅう》に身を包んだ亡霊が、ハムレットの父、先王そっくりの姿で、歩哨たちの前に現われたというのであった。ハムレットは異常な興奮に騒ぐ胸をしずめて、何としてもその夜の見張りに加わり、亡霊に話しかけたいと申し出た。そしてこの亡霊

の件については、以後一切を極秘にするよう頼んで別れたのである。
その夜を待ち侘《わ》びたハムレットは、いよいよ夜半、宮殿内での新王クローディアスの祝宴の騒ぎをよそに、歩哨たちと見張りを始めた。すると、甲冑に身をかため、父親そっくりの姿で亡霊が現われたのである。

舞台3　城壁の見張り台

ハムレット、ホレィシオゥ、マーセラスが、寒空のなか、肌をさす風に耐えて見張りに立っている。遠く舞台奥に宮殿内祝宴のはなやかな吹奏、祝砲などが聞こえやがて消え、亡霊が登場

ホレィシオゥ　来たっ、殿下、あそこに。
ハムレット　天使たちよ、恩寵《おんちょう》の使者たちよ、われらを守りたまえ！
正しい霊なのか悪鬼なのか、
天の霊気をともなうものなのか
地獄の毒気《どくけ》をもたらすのか、
その意図が邪《よこしま》なのか慈悲なのか、
たとえどちらにせよ、そのように話しかけたくなる姿で
現われたからには
断じて話したい。その身をハムレットと呼ぼう。
国王、父上、デンマーク王、おお、答えられよ！
わたしが無知のまま苦しみ胸張り裂けることのないよう、
さあ言ってくれ、
厳《おごそ》かな流儀でねんごろに弔《とむら》い葬《ほうむ》られたのに、
なぜ経帷子《きょうかたびら》を脱ぎすてたのか、おん身が安らかに納められた墓が、
なぜその重たい大理石の口を開け、
おん身をふたたび地上に吐きだしたのか？
これはどういうわけなのだ、
死体となったおん身がふたたび
しっかりと甲冑に身をかため、
雲間に見え隠れする月の光りのなかに姿を現わして
不気味な夜となし、自然にもてあそばれる
われら愚か者の、
考えもおよばぬ思いで、かくもわれらを
恐れ慄《おのの》かすとは？
言ってくれ、なぜなのだ、どうしてなのだ？　われらに
どうせよというのだ？　（亡霊、ハムレットを手招きする）
ホレィシオゥ　いっしょに行こうと殿下を招いている。
何か殿下だけに知らせたいことが
あるように。
マーセラス　そう、あのように丁寧な物腰で

殿下を離れた所へお連れしようと手招いている。
だが行ってはなりません。

ホレィシオゥ　そう、絶対になりません。

ハムレット　何も言おうとしない、ならばついて行こう。

ホレィシオゥ　いけません、殿下。

ハムレット　　なにほどの恐れがあろう？
自分の生命《いのち》なんぞ一文にも価しないのだ、
それにわたしの霊魂に対して何が出来るというのか、
あれと同じで不滅ではないか？
またわたしを呼んでいる、ついて行こう。

ホレィシオゥ　あれが殿下を海に誘い、
また海に突き出た断崖絶壁に誘《おび》き出し、
突然何か恐ろしい変化《へんげ》の姿となり、
殿下の理性の制御を砕き、
気を狂わせようとしたらどうなさいます。
よく考えて下さい。
そそり立つ断崖では、はるか下に海を見て、
怒濤のうねりを耳にすれば、もうそれだけで、
その場に立つだけで、
誰でも絶望に駆りたてられるものです。

ハムレット　　まだわたしを呼んでいる。
さあ、先へ進め、ついて行くぞ。

マーセラス　殿下、行ってはなりません。

ハムレット　　手を放せ。

ホレィシオゥ　どうか自重して下さい。
行ってはなりません。

ハムレット　　運命がわたしを呼んでいる、
そしてこのからだの筋《すじ》ことごとくは
ネメアの獅子の筋肉のような力で満たされた。
まだ呼んでいるぞ！　放してくれ、頼む。
後生だ、邪魔だてするやつこそ亡霊にしてしまうぞ！
えいっ、控えろと言うのに！　さあ、ついて行くぞ、
先へ行け。　（亡霊とハムレット退場）

ホレィシオゥ　殿下は興奮のあまり、気が動転してしまわれた。

マーセラス　あとを追うとしよう、お言葉に従ってる場合ではない。

ホレィシオゥ　そうだ、行こう、いったいどうなるのか気がかりだ。

マーセラス　このデンマークで何かが崩れている。

ホレィシオゥ　天の思《おぼ》し召しによるほかあるまい。

マーセラス　それにしても、殿下のあとを追うとしよう。
（退場）

城壁の別の場所
亡霊とハムレット登場

ハムレット どこまで行くのだ、言ってくれ、もうこれより先へは行かぬ。
亡霊 よく聞け。
ハムレット とうにそのつもりだ。
亡霊 時間が迫っている、まもなく
硫黄の燃える煉獄の火にさいなまれるために
戻らねばならない。
ハムレット ああ、気の毒に。
亡霊 憐れみは要らん、が、そなたに打ち明けることを
真剣に聞くのだ。
ハムレット 話してくれ、一心に聞くぞ。
亡霊 聞いたなら、そなたは復讐するのだぞ。
ハムレット なんと？
亡霊 わしはそなたの父の霊である。
定められた時まで、夜にはさまよい歩き、
昼には炎につつまれて断食の責め苦をうけ、
生前に犯した罪業《ざいごう》が焼き浄《きよ》められる日をまっている。
……
よいか、聞くのだ、聞いてくれ、
そなたがかつて父を愛していたというなら――
ハムレット おお、神よ！
亡霊 卑劣非道な人殺しに復讐するのだ。
ハムレット 人殺し？
亡霊 何がさて、人殺しは卑劣きわまりないが、
これほどに卑劣、怪奇、非道な人殺しはない。
ハムレット 早く話して下さい、一瞬の閃《ひらめ》きのように、
また恋する思いのように、速い翼をつけて
復讐へと飛びかかれるように。
亡霊 それでこそだ。
これを聞いて心騒がぬなら、
冥土《めいど》を流れる忘却の川岸に根をおろして
心労を忘れ、のほほんと生い茂る雑草よりも
鈍《にぶ》いやつだ。さて、ハムレットよ、よいか、
わしは庭園で仮眠を取っている時に
毒蛇に嚙まれたと言いふらされている。
わしの死因についての
この作り話にデンマークじゅうが欺かれている。
だがよいか、床《ゆか》しい若者よ、
そなたの父の生命を奪ったその毒蛇は、
いま王冠をいただいておるのだ。
ハムレット ああ、予感どおりだ！ あの叔父御《おじご》が？

亡霊　そうだ、あの淫乱不貞の獣めが、
奸智《かんち》奸策《かんさく》にたけおって——
こうも巧みに女を誑《たぶらか》すとは何たる悪の才覚！——
貞淑無比と見えたわが妃《きさき》の心を奪い、
恥ずべき淫欲をみたしたのだ。
おおハムレット、何という背信行為だ、
婚礼の誓いのままに誉れたかく愛を貫いた
このわしをふりすて、わしよりも卑しい
あの破廉恥なやつに靡《なび》くとは！
貞淑な女なら、情欲がたとえ天使の姿で言い寄ろうと
決して心を動かさぬ、だが淫《みだら》な女は
輝く天使とつれそうとも、やがて天上の床に飽き、
ごみ溜めの腐れ肉をあさるのだ。
だが待て、夜明けの気配が感じられる、
手短に話そう、わしがいつものように昼過ぎに
庭園で仮眠をとり、何の備えもないその時に、
そなたの叔父が、
おぞましいヘボナの毒汁の入った瓶《びん》を持ち、
秘《ひそ》かに忍び寄りわが耳に
その癩《らい》の毒汁を注《つ》ぎ込んだのだ……
こうしてわしは眠っている時に、弟の手にかかり、
生命《いのち》も王冠も王妃もいちどに奪われてしまったのだ。
正に真っ盛りの罪を清めるいとまもなく、
聖餐にも与らず、赦免《しゃめん》も得られず、聖油も塗られず、
何ら黄泉《よみ》への旅立ちの用意のないままに、
裁きの庭にひきだされたのだ。
ああ、恐ろしや、ああ、恐ろしや！
なんという恐ろしいこと！
もしそなたに子としての情があるなら、
すておいてはならぬ。
デンマーク王室の寝所を、淫欲の、
あの忌《いま》わしい不貞の巣としてはならぬのだ。
だがこれを成し遂げるにあたり、
そなたは邪《よこしま》な心に駆られてはならぬ、
そなたの母に対して
如何なる危害をも加えようとは思うな。
あれは天にまかせ、
良心にやどる棘《とげ》に刺され苛《さいな》まれるままに
するがよい。もう別れねばならぬ。
螢《ほたる》の弱い光りがまた薄《うす》れ始め
朝が近いことを示している。
さらば、さらば、さらばだ。忘れるな、この身を。
（亡霊退場）

ハムレット両膝を床に舞台正面大向こうを見て独白

ハムレット
おお、満天の星よ！　大地よ！　それから何だ？
地獄よ、と言うか？　ええい、この心臓、しっかりしろ、
それに筋肉もだ、いちどに老《ふ》けこまず、
しっかりおれをささえるのだ。おん身を忘るなとな！
よし、可愛そうな亡霊だ、この狂った頭に
記憶がある限り、おん身を忘れてなるものか！
おん身を忘るなだと？
よし、おれのこの記憶の手帳から、
くだらぬ愚かしい記録はみんな拭《ふ》き取ってやる、
若さの逸《はや》り気《ぎ》で見聞きし書き留《と》めた
あらゆる名句、物の形、過ぎ去った想い出もだ、みんな
拭《ふ》き取っておん身の命令だけただ一つ、
ほかのくだらぬものと混《ま》じることなく、
この脳味噌いっぱいに生き残るのだ。
よし、必ずだ！　おお、なんという悪い女だ！
おお、あの悪党、悪党め、笑《え》みをうかべた大悪党め！
手帳だ、――書きとめるがいいぞ。
人はほほえみ、ほほえみ、しかも悪党たり得るとな。
少なくともデンマークではたしかにそうなのだ。
（手帳に書く）
さあ叔父貴、こう書きとめたぞ。
さて、こっちの標語は「さらば、さらば、この身を忘れるな」だ。
かたく誓ったぞ。

ホレィシオウ　（奥で）殿下、殿下！

マーセラス　ハムレット殿下！

ホレィシオウ　神よ、殿下をお守りあれ！

ハムレット　お守りあれ！

マーセラス　ほーい、ほー、ほーっ、殿下！

ハムレット　ほーい、ほー、ほーっ、ほーたる来いっ！

ホレィシオウとマーセラス、ハムレットにかけよる

マーセラス　殿下いかがですか？

ホレィシオウ　殿下、何か知らせが？

ハムレット　おお、みごとだ。

ホレィシオウ　殿下、お話し下さい。

ハムレット　いや駄目だ、人に言うだろう。

ホレィシオウ　いいえ、殿下、天に誓います。

マーセラス　わたくしも決して、殿下。

ハムレット　では、どう思う？　人間の心がこんなことを考えられるだろうか？

だが秘密は守ってくれるね？

両人　はい、殿下、天に誓って。……

ハムレット　今夜見たことを決して他言しないでくれ。

両人　殿下、断じていたしません。

ハムレット　だが、誓ってくれ。

ホレィシオゥ　誓って他言いたしません。

マーセラス　殿下、わたくしも断じて。

ハムレット　この剣にかけて。

マーセラス　殿下、もう誓いましたが。

ハムレット　名実ともにだ、この剣にかけて。

亡霊　（地下から）誓え。

ハムレット　はっはあ、おまえもそう言うか？　そんなところにいたのか、鬼坊主《おにぼうず》？

さあ、君たち、あいつも地下から言ってることだ、誓ってくれ。

ホレィシオゥ　誓いの言葉を言って下さい、殿下。

ハムレット　「今夜見たことは決して他言せぬ。」この剣にかけて誓え。

亡霊　（地下から）誓え。

ハムレット　偏在自在、思いのままに動くな。

では場所を変えてみよう、

さあ君たち、こちらへ、

もう一度この剣の上に手を置いてくれ。

今夜聞いたことは決して他言せぬとこの剣にかけて誓え。

亡霊　（地下から）誓え。

ハムレット　よくぞ言ってくれた、もぐら殿！

地面の下でそんなにすばしこく

動けるのか？　立派な炭鉱夫だ！

もう一度場所を変えてみようぞ。

ホレィシオゥ　ああ、これはなんとも不可思議千万！

ハムレット　不可思議千万だから、未知の客として、

何も聞かずに手厚く遇してくれ。

ホレィシオゥ、この天と地のあいだには、

哲学などの思いもよらぬことがあるのだ。

だがねえ、もう一度さきほどの様に、かたく誓ってくれ、

今後わたしがどんな奇妙な振舞をしようと、

ひょっとして気違いじみた素振りを見せたほうが

いいこともあるかもしれんが、

そのような時にわたしを見て、

こんなふうに腕を組んだり、頭をふったり、

あるいは何か怪訝《けげん》な言葉を発したり、

たとえば「うむ、分かってる」とか

「その気になれば、できるんだが」とか

「しゃべる気になれば」とか「明かしてもいいと

いうんなら、そうする人もでてくるだろう」とか、
そんな意味ありげな言葉で、わたしについて
何か知ってるような態度は、断じてとらないでくれ、
かたくこれを誓ってくれ。天地もご照覧あれ。

亡霊　（地下から）　誓え。

ハムレット　安らげ、安らぐのだ、
　気苦労のたえない奴だ！
さて君たち、
くれぐれもよろしく頼む、このハムレット、
今はつまらぬ身の上だが、いずれ神慮にかなえば
君たちの深い友情に報いることもできよう。
ではいっしょに行こう、
いつも唇はかたくむすんで他言無用、いいね。
この世は関節がはずれている。
ああ、いまわしいかぎりだ、
それを正す為にこの世に生をうけたとは！
さあ、君たち、いっしょに引き揚げよう。　（退場）

ひとり語り

　さてハムレットの恋人、オフィーリァの父ポロゥニアスは新王クローディアスの腹心であった。デンマーク新体制下の宰相としてクローディアスの信任を得ていたのである。娘オフィーリァに対してはもちろん、息子のレアティーズに対しても、お節介が過ぎるとは言え、深い父性愛を示していた。しかし腐敗しきったデンマーク宮廷を象徴しているかのように偽善者ぶりが目についた。策略を好み、いつでも可能な限りスパイ手段をとりながら、新王クローディアスに取り入っていた。自分の息子レァティーズに対してさえ、「なにより大事なのは自分に忠実であれということだ」と説教したかと思えば、召使いのレィナルドゥを息子の留学先のパリにまで遣わして、事細《ことこま》かに指示してその行動を内偵させたのである。

　この様なポロゥニアスのやり方とぴったり符号《ふごう》した策をとるのが、外ならぬクローディアスであった。クローディアスはハムレットの奇妙な振舞い、気違いじみた素振りの原因を探る為に、ハムレットの学友ロゥゼンクランツとギルデンスターンの二人を、スパイとしてハムレットに近づかせた。しかしハムレットの鋭い勘《かん》は二人がクローディアスの手先であることを見抜いてしまった。ハムレットもまたポロゥニアス流の手段にうったえて相手を欺き煙《けむ》にまいてしまうのである。このようにデンマーク宮廷内では、互いに緊迫した探り合いが展開されていた。

　その時、ハムレットはクローディアスの秘密を内偵す

る為に、願ってもない対抗策を思いついた。それはまったくの偶然であった。ロゥゼンクランツとギルデンスターンの二人と相前後してハムレットを訪問した役者たちの演技を見てのことであった。ハムレットは馴染《なじ》みの役者から、トロイの老王の最期と、それを目にして悲嘆に暮れる王妃へキュバのさわりを聞いて、深く感動したのであった。そこで、その一座に「ゴンザーゴー殺し」という、先王殺害そっくりの場面を、クローディアスの面前で上演してもらい、その反応をみようという趣向であった。外題《げだい》は『鼠取り《ねずみとり》』とし、正に一石二鳥の名案であった。ハムレットはクローディアスの秘密を暴《あば》き、また亡霊も果して信じてよいものか、確かめたかったのである。

舞台4　城内の一室

ポロゥニアスに案内されて役者たちが退場、居残ったのは二人の学友だけ

ロゥゼンクランツ　殿下、ではこれで。

（ロゥゼンクランツとギルデンスターン退場）

ハムレット　ああ、そう、さようなら。
ようやく独りになれた。
ああ、この身は何たる落ちぶれ、何たる腑《ふ》抜《ぬ》けなのだ。
驚くではないか、今のあの役者はただの作り話、
かりそめの情熱に心を動かして
架空の世界にとっぷりつかっていたではないか。
熱中のあまり顔面蒼白、
眼に涙で狂乱の態《てい》、
声は途切れ、一挙一動ことごとくが心に思うままを
表わしている。しかも何のいわれもないのにだ。
へキュバのため！
だがあの男にとってへキュバがなんだ、
へキュバにとってあの男がなんだ、
泣くほどの理由があるのか？
もしわたしの情熱をかきたてる
この動機がいまあの男にあれば、どうなるだろう。
舞台は涙の洪水につかり、
怖ろしいせりふで観客の耳をつん裂き、
罪ある者を狂わせ、罪なき者を怯《おび》えさせ、
無知なるものを困惑させて、眼と耳の働きそのものが
台無しになるであろう。
それなのにわたしは、
ぐずで間抜けで、ぐうたらな日を過ごす夢想家、
なんの目論見《もくろみ》もなく、なんにも言えない。なんにもだ、
先王陛下のためにだ、王冠も王妃も貴い生命《いのち》までも
卑劣に奪われてしまったのにだ。……

惨《むご》たらしい女たらしの大悪党！

情け知らずの恩知らず、好色無情の大悪党！

おお、復讐だ！

えい、何たる愚か者だ、この身は！　まったくご立派だ、愛する父を殺され、天国と地獄に復讐を責めたてられながら、ただ娼婦のように口先だけで胸の霧の憂《う》さばらし、あげくに売女《ばいた》のように呪いわめく、まるで婢女《はしため》だ！　ああいやだ、えいっ、しっかりしろ。うむ、そうだ——

よく聞く話だ、罪ある者が芝居をみて、舞台の真に迫った演技に心うたれ、たちまち犯した罪のいっさいを白状したということだ。人殺しの罪に口はないのだが、不思議なはたらきで、罪はいつかは現れるものだ。あの役者たちに、叔父の面前で何か父上の殺害に似たものを演じさせるとしよう。そしてあいつの様子をしっかり見るのだ、患部を突いてやるのだ。すこしでも怯《ひる》んだらあとは決まりだ。わたしの見たあの亡霊は悪魔かもしれない。悪魔は好ましい姿で現れるのだ。そうだ、ひょっとするとわたしの心が挫《くじ》け、気が滅入《めい》っているのにつけこみ、わたしを惑《まど》わし地獄におとそうとしているのかもしれぬ——このように塞《ふさ》ぎこんでいる時がいちばん悪魔に乗ぜられ易いのだ。もっと確かな証拠がほしい。王の本心をつかむには、芝居こそうってつけだ。（退場）

ひとり語り

ハムレットの恋人オフィーリアも、宮廷内でのこのはげしいスパイ活動の渦《うず》にまきこまれた。ポロゥニアスにとっては当然な行動と思えるのだが、王子ハムレットが娘のオフィーリアに近付いていると知ると、王子ハムレットの愛情は信頼できないと娘を説得し、交際を禁じてしまった。それは先ずクローディアス王への遠慮があったことも考えられるが、恐らく過剰な父性愛と、自分の青春時代の女遍歴を思ってのことであった。ところがハムレットの愛が純粋であったと気付いた。そしてオフィーリアを無理にハムレットから遠ざけた為に、ハムレットは失恋の絶望から狂ってしまったと考えた。そこで早速にオフィーリアを囮《おとり》にするという狡猾《こうかつ》な小細工を弄《ろう》して、ハムレットの様子を自ら内偵する場を設定したのである。

舞台5　王、王妃、ポロゥニアス、オフィーリア、ロゥゼンク

ランツ、ギルデンスターンたち舞台中央でハムレット
　について語り合っている。
王妃　何か気が紛《まぎ》れるようなことを
すすめてみましたか？
ロゥゼンクランツ　じつはお妃さま、
こちらへのみちみち私どもが、
たまたま追い越しました役者一座がありまして、
そのことをお話し致しましたところ、
殿下もけっこうお喜びのご様子でした。
その一座も宮殿に到着しており、殿下の面前での
今宵の出し物について、すでにご下命が
あった筈でございます。
ポロゥニアス　その通りでございます。それで両陛下に
　もそれをご覧下さるようお願いせよ、
と私にお申しつけになりました。
国王　喜んでそういたそう。あれが
そのような気になったのはなによりだ。
両君ともあれの気持ちをいっそう引きたてて、
そのような楽しみにしむけてくれ給え。
ロゥゼンクランツ　かしこまりました。
　（ロゥゼンクランツとギルデンスターン退場）
国王　さてわが奥、ガートルード、すまないが
席をはずしてくれないか。
と言うのは密《ひそ》かにハムレットをここに呼んでおり、
ここで偶然にオフィーリアに
出会うことになっているのだ。
ポロゥニアスとわたしは法に適った探偵なのだが、
此処におって、二人の出会いの様子を、ものかげから
むこうには見られないように、こまかに観察して、
あれの悩みがはたして恋の為なのかどうか、
その挙動から判断したいのだ。
王妃　仰《おお》せに従いましょう。
それでオフィーリア、あなたには、ねえ、
その美しさがハムレットの乱心のもとであって
ほしいの、本当に。それならあなたの床《ゆか》しい気立てで
あれも元のすがたにかえり、はれて二人の
祝言《しゅうげん》となるでしょうに。
オフィーリア　お妃《きさき》さま、私もそう望んでおります。
ポロゥニアス　オフィーリア、お前はここを歩いていなさ
　い。陛下、よろしければ
私どもは、そちらのものかげに陣取りましょう。（オフ
　ィーリアに）この本を呼んでいなさい、
そのようにして祈禱書を読んでおれば
ひとりで居てもむりがない。これはよくないことだが、

世間にはよくあることだ——信心深そうな面持《おもも》ちと
敬虔《けいけん》な振舞いで、悪魔の正体に砂糖をまぶしているのだ。

国王 （傍白）ああ、まったくそのとおりだ。
その言葉、わしの良心にいたく応《こた》えるわい！
きれいに塗《ぬ》りたてた娼婦の頬は、
化粧にたすけられているだけで素顔は醜《みにく》い、
だが偽りの言葉でいっそうはでに塗りたてた
わしの行為はもっと醜い。
ああ、なんという心の重荷だ！

ポロゥニアス 殿下の足音がします。陛下、さがりましょう。

（国王とポロゥニアス退場）

ハムレット登場

ハムレット 生きるか、死ぬか——それが問題だ。
乱暴な運命の射かける飛礫《つぶて》や鏃《やじり》を
じっと耐えるが肝心《かんじん》か、それとも
寄せくる艱難《かんなん》の荒海に立ち向い、
戦って結末をつけるがよいのか、死ぬ、眠る、
それだけのこと。しかも眠って心の悩みも
肉体につきまとうあまたの苦しみも終るというなら、
それこそ願ってもない終焉《しゅうえん》だ。死ぬ、眠る、
眠ればおそらく夢をみる。そこだ、つまずくのは。
この世の煩《わずら》いを脱ぎ捨て、永遠の眠りについて
どんな夢をみるのか、この為にためらうのだ。
この思いが悲惨な人生をいつまでも長びかすのだ。
そうでなくて誰ががまんするというのか——
この世の鞭《むち》や嘲《あざけ》り、
暴君の無法な行為、驕《おご》るものの侮蔑《ぶべつ》、
かなわぬ恋の痛み、裁判のひきのばし、
役人どもの横柄、りっぱな人物が
くだらぬ奴から受ける屈辱を！
しかも短剣のただひと突きでこの世から
脱出できるというのにだ。死後に来るものの恐れなくば、
いったい誰がこのような重荷に耐え、苦しい生活に喘《あえ》ぎ
汗水流すというのか、——未知の国、究極の旅路から
だれ一人として戻ったためしがないから
決心がにぶるのだ。
敢えて見知らぬあの世の禍《わざわ》いに飛びこむよりは、
いまの苦しみに耐えるがましと思うのだ。
こうしてもの思う心がわれらを臆病にする、
そして決断のもって生まれた血気の色は
蒼白《あおじろ》い、もの思う心の塗料でぬりつぶされ、
その為に命運をかけての大事業も横道にはずれ、
実行の名目を失うのだ。——はて、待てよ、

きれいなオフィーリアだ！（オフィーリアに）
森の妖精よ、わがもろもろの罪の許しも
その祈りのなかに添えておくれ。

オフィーリア　まあ、王子さま、
このところしばらくどうお過ごしで
いらっしゃいますか？

ハムレット　それはそれはどうもありがとう、
達者《たっしゃ》、達者、達者だ。

オフィーリア　王子さま、いただいた記念のお品ここに持っておりますの、
前前からお返しせねばと思っておりましたの。
どうぞお受けとり下さいませ。

ハムレット　いや、それは出来ない。
ぼくは君に何もあげた覚えはない。

オフィーリア　まあ、王子さまも良く憶えておいでのはず、
それにあれ程お優しいお言葉まで添えて下さり、
いっそう大切に思っておりました。
その香りも消えてしまいましたれば、
どうぞお納め下さいませ、贈り主の心が変わるとき、
貴い贈り物も、気高い心には値打ちがなくなります。
さあ、どうぞこれを。

ハムレット　はっ、はあ！　君は貞淑かね？

オフィーリア　まあ？

ハムレット　君は美しいかね？

オフィーリア　なんと仰せられます？

ハムレット　君が貞淑であり美しいのであれば、その貞淑と美しさは親しまぬがよいと思うのだ。

オフィーリア　美しいものが貞淑に睦《むつ》むほど似つかわしいことがありましょうか？

ハムレット　ああ、その通りだ、操《みさお》が美を制するいとまもなく、美しいために操をたやすく売ることになるのだから。これは以前には理屈に合わぬ考えだったが、今では立派に実例があるのだ。わたしも以前には君を愛していた。

オフィーリア　ほんとうに、王子さまはわたくしにそう信じさせてくださいました。

ハムレット　君はわたしを信じてはならなかったのだ、美徳をどの様に接木《つぎき》してみたところで、もとの台木《だいぎ》の汚《けが》れは消えないのだから。わたしは君を愛してなんかいなかった。

オフィーリア　まあ、いっそう惨《みじ》めに騙《だま》されておりました。

ハムレット　尼寺へ行け、どうして罪深いものの母となりたいのか？　わたしはけっこうまともな男のつもりだが、それでも母がこの身を生んでくれないほうがよかったと

思うほど罪作りなことをしでかしている。傲慢で復讐心が強く野心家だ、おまけにその気になればいくらでも罪を犯せる身だ、いちいちそれを考えまとめたり、形を想像したりはもちろん、実行する時間もないぐらいだ。このような男が天地のあいだを這いずりまわって、いったい何をするというのか？　われらはみな大悪党だ、誰も信ずるな、尼寺へ行くのだ。親父《おやじ》さまはどこにおる？

オフィーリア　家におります。

ハムレット　しっかり閉じ込めておくがいい、家のそとで馬鹿げたことをしでかさんようにだ。で、さらばだ。

オフィーリア　おお神さま、王子さまをお助け下さい！

ハムレット　もし君が結婚するんなら、持参金代りに贈ってやる呪《のろ》いはこれだ、いいか、君がたとえ氷のように貞節で、雪のように清純であろうと世間の中傷はまぬがれられぬということだ。尼寺へ行け。行くのだ、さらばだ。（行きかけてまた戻り）また、どうしても結婚せねばならぬというなら、馬鹿ものを亭主にするんだ、賢い奴なら、君の亭主になればどんな化け物にされるかよく分かっているからだ。尼寺へ行くのだ、すぐに行くのだ。さらばだ。

オフィーリア　ああ、どうか天のお恵みを！　王子さまをもとのお姿に！

ハムレット　君ら女達が白粉《おしろい》を塗りたくることはよく聞き及んでいる。神さまから授《さず》かった顔を自分勝手につくり替えているのだ。踊る、科《しな》を作って歩く、甘ったれた口をきく、神のお造りになったものを勝手に徒《あだ》なる名で呼ぶ、そのように気取りながら知らなかったわと言い逃《のが》れる、なんたることだ、もうたくさんだ、そのおかげでわたしは気が狂ってしまった。もうこれからの結婚なんぞ許さぬ。すでに結婚してしまったものは——一組だけをのぞき、ほかは生かしておく。まだ結婚していないものは、一生そのままでいるのだ。尼寺へだ、さあ、行け。

（退場）

オフィーリア　ああ、あれほど気高かったお心が、
こうも無惨に潰《つい》えてしまった！
宮廷人で武人で学者、眉目秀麗《びもくしゅうれい》、
学問と武芸の誉れたかく、
国の希望、国の華、流行の鑑《かがみ》、礼節の手本として
あらゆる人に仰ぎ望まれておりましたのに、
ああ、なにもかも崩《くず》れてしまった！
そしてわたくしは世の中で
いちばんみじめに打ち拉《ひし》がれた女、
あのお優しいお誓いに甘い蜜を吸ったあと、
こんどはわたくしのこの目の前で、

あの気高い、宝冠にも似たお心が、
ひび割れた鐘のように、音調を乱しておられる、
たぐいなく咲きほこるあの青春の花のお姿も、
狂乱の嵐にむなしく散ってしまった。
ああ、なんと悲しいこと、
昔を見たわたくしが今を見るこのさだめ！

国王とポロゥニアスものかげより登場

国王　これが恋か？　いや、
あれの心情はそっちの方には向いておらぬ、
言ったことも少々筋《すじ》の通らんところもあるが、
とても気違いの言葉とは思えぬ。
胸に一物《いちもつ》あってのことだ、
憂鬱がそれをしっかり抱《だ》いてあたためているのだ、
殻を破り雛がかえれば何やら危険なものとなろう、
それを防ぐために、いま咄嗟《とっさ》に決断したのだが、
こうしよう、すぐさまあれをイギリスへ行かせるのだ、
滞《とどこ》っている貢物の催促という名目でだ。
おそらく海を渡り異国を訪れ、様々な風物を目にすれば、
何やらあれの胸につかえているものも
きれいさっぱりとなろう。
いつもそのことばかり思いつめている為に、あのように

常軌を逸した形《なり》をしているのであろう。どう思うかね？
ポロゥニアス　それは結構なことでございます。
しかしながら、わたくしとしましては、
殿下のご憂鬱の原因、そもそもの事の始まりは、
やはりかなわぬ恋のためとしか考えられません。
さあ、オフィーリア、どうした？
殿下の申された事など言わんでもよい。
みな聞いておった。
陛下、どうぞ御気に召すままになされませ。
ただお差し支《つか》えがなければですが、今夕芝居のあと、
おん母君のお妃《きさき》さまお一人で殿下とお会いになって、
ご憂鬱の原因を直《じか》にお尋ねいただくようになされませ。
とっくりと腹を割っておたずねいただきましょう。
そして、御許しいただければ、私は物陰で
お二人のお話の一部始終を立ち聞きいたします。
それでもなお、お妃さまにおわかりにならなければ、
イギリスへお遣わしになるなり、
どこぞ陛下が適切とお考えあそばす所に
閉じ込めなさるなりがよかろうと存じます。
国王　　　　　では、そうしよう。
身分の高い者の狂気、これは十分見守る必要がある。
（退場）

ひとり語り

その夕、ハムレットの仕かけた罠《わな》、「鼠取り」と題する芝居が、旅芸人たちにより、国王、王妃をはじめ宮廷人たちの前で上演された。それは先王殺害そっくりの場面を舞台にかけたものであったから、国王の驚きと怒りは極点に達し、芝居はたちどころに中止となった。慌《あわ》てふためいて座を蹴《け》る国王を見た時、亡霊に対するハムレットの疑惑は消え、ハムレットは亡霊の言葉の信憑性《しんぴょうせい》を確信した。残忍な復讐心が、ハムレットの心に深く根をおろした。

そしてチャンスは思いのほか早く到来した。王妃私室への通りがかりにハムレットは、ひとり罪に慄《おのの》いて祈る国王の姿を背後から垣間《かいま》見たのである。しかし、立ち止まったハムレットは機は未だ十分に熟していないと考えた。クローディアスの祈る姿がハムレットの復讐を躊《ちゅう》躇《ちょ》させたのである。ハムレットは「救いの道いささかもないような行いに耽《ふけ》るときに打ち倒し、おまえの踵《くびす》が天を蹴り、暗黒の地獄、奈落の底にまっ逆さまに落ちるようにしてやるのだ。いまはこの場を見のがしてやり、おまえの苦悶《くもん》の日々をのばしてやる」と剣をおさめた。そしてとりあえず母の部屋へ向うことにした。

王妃私室でのハムレットはのっけから辛辣《しんらつ》な言葉で母の再婚の浅はかさを責めたてた。ハムレットは興奮のあまり、母のことは「天にまかせ、良心にやどる棘《とげ》に刺され苛《さいな》まれるままにするがよい」と戒《いまし》めた亡霊の言葉に思いを馳せることができなかった。怯《おび》えた王妃が助けを求めた時、物陰で声をあげたのがポロゥニアス、その瞬間「プスリッ」、哀れにもポロゥニアスは壁掛けごしにハムレットに刺し殺されてしまった。ハムレットは冷淡であった。すべてが自分の思い通りのはずと信じて疑わなかったポロゥニアスのお節介ぶりに天罰がくだったと考えた。

ハムレットは言い放った。「おまえだったのか、老いぼれの浅はかな出しゃばり道化め、さらばだ！　おまえの主人だと思った。これも運命と思え。あまり出しゃばると危険なのだ」と。そして高圧的で残酷、原罪をうけつぐ人間の残忍性をむきだしにしているようであった。先王を太陽神アポロにたとえ、現王の叔父を「つぎはぎまだら衣装の道化の王」と罵《ののし》り、怯《おび》えた母の心を絞《しぼ》りあげ、短剣のように鋭い言葉を浴せた。

そのとき突然亡霊があらわれ、母をいたわれと諭《さと》し始めた。亡霊に答えて語りかけるハムレットの姿に、王妃はただ呆然《ぼうぜん》、ハムレットの狂気を嘆くばかりであった。ハムレットは「何も見えないのですか、それそこに？

何も聞こえなかったのですか？」と問い返し、自分は正気であると懸命に弁明した。王妃の懺悔《ざんげ》を促《うなが》し過去への訣別と将来への慎しみを強く訴えた。

はからずもハムレットの本心に触れた王妃も、ようやく心を開くにいたった。ハムレットは遂にクローディアスと対決する構えをあからさまに母に示した。そしてクローディアスが自ら仕かけた爆薬に吹き飛ばされる日を思い奮い立ったのであった。

しかしクローディアスは早くも新しい手をうっていた。ハムレットを英国に特派し内密に処刑するというのである。ハムレットはなす術《すべ》もなくその陰謀にのらなければならなかった。ハムレットの周辺ではノールウェイ王子、フォーティンブラスが、藁しべ一本の名誉の為に、二万もの兵を自由に動かして進軍していた。ハムレットはフォーティンブラスの速戦即決の作戦行動に照らし、思索にふけり煩悶《はんもん》するばかりのわが身の腑甲斐《ふがい》なさに、はげしく苛《さいな》まれた。

ハムレットがイギリスへ船出した後、クローディアスもまた気が安まらなかった。父が死にハムレットが去り、ひとりぼっちになったオフィーリアは、遂に気が狂《ふ》れ、その気抜けした哀れな姿が国王や王妃の心を日ごと苛《さいな》んでいた。さらにレァティーズが父親の復讐を求めて民衆を率い、国王のもとに押し寄せてきたのである。

舞台6　舞台に国王と王妃、舞台奥で騒がしく叫ぶ声と物音

国王　扉が毀《こわ》された。

武装したレァティーズと民衆登場

レァティーズ　国王はどこだ？

（民衆に）諸君、君たちは外で待ってくれ。

民衆　いや、おれたちも入れてくれ。

レァティーズ　頼むからまかせてくれ。

民衆　よし、ではまかせよう。

レァティーズ　ありがとう、戸口をしっかり守ってくれ。

（民衆退場、国王に）えい、この悪たれ国王、

父上を返せ！

王妃　落ちつきなさい、レァティーズ。

レァティーズ　落ちついていられる血が一滴でもあるなら、

おれは父の子と言えまい、

また貞淑であった母の汚れない額《ひたい》に

娼婦の烙印《らくいん》を押すことにもなろう。

国王　どういうわけだ、レァティーズ、

このように無謀な反逆にでたのは？

放してやれ、ガートルード、
わしの身を案ずることはない。
国王の身には神聖な御加護の垣根がめぐらされている、
反逆者は垣根越しにのぞき見するだけ、
いかなる危害も加えられぬのだ。
言ってみよ、レァティーズ、
なぜそのように熱《いき》り立つのだ。
放してやれ、ガートルード。
さあ話してみろ。

レァティーズ　父上はどこにいる？

国王　死んだ。

王妃　でも、陛下のせいではない。

国王　聞きたいだけ聞かせてやれ。

レァティーズ　どうして死んだ？　ごまかされんぞ。
忠誠なんぞ地獄に落ちろ、誓いも悪魔に立てろ、
良心も信仰も奈落の底へ失せろだ、
地獄の責め苦に遭《あ》ってもかまうもんか。いいか、
これだけは絶対にやり遂げるぞ、何がどうなろうと
この世もあの世も問題じゃない、ただ父上の
恨みだけはとことんはらしてやる。

国王　だれがそれをとめようか。

レァティーズ　おれが納得しない限り、
世界じゅうが挙《こぞ》ってとめても
だめだ。おれの勢力はわずかだが、うまくつかって
必ずやり遂げてみせるぞ。

国王　まあまあレァティーズ、
君は大事なお父さんの亡くなった事情について、
確かなことが知りたいはずだ。
それでも君の復讐というのは
敵も味方も、勝った者も負けた者も、一緒《いっしょ》くたに
バッサリなぎ倒してしまうということなのかね？

レァティーズ　そんなことはない、父の敵《かたき》だけだ。

国王　それなら、その敵を知りたいか？

レァティーズ　父の味方に対しては
両腕をこのように大きく開いて迎えいれよう、
自分の生き血で子を養うペリカンのように
心血そそいで味方はもてなすつもりだ。

国王　そう、それでこそ立派な息子、
まことの紳士にふさわしい言葉というものだ。
わしは君の父親の死については
全くかかわりないばかりか、
心底《しんそこ》からそれを悲しんでおるのだ、
これはいずれ君にもはっきりわかってもらえるはずだ。
太陽が君の眼に何もかもはっきり見せてくれるようにだ。

（舞台奥で人の声）〝入れてやれ〟

レァティーズ　どうしたのだ。あの騒ぎは？

オフィーリア花を持って登場
おお血気の情熱よ、この脳髄を干からびさせてしまえ、涙よ、滅法からい塩でこの眼を感覚もろともに
　焼き焦がせ！
お前を気違いにした恨み、天に誓って、
ずっしりとはらしてやる、
天秤《てんびん》がひっくり返るほどにだ。ああ、五月のバラ、
愛《いと》しい乙女、やさしい妹、可愛いオフィーリア！
おお天よ、うら若い乙女の心が老人の命のように
はかないとは！　愛がはたらくとき、
人の心はもっとも清らかとなる、
愛する人が亡くなると、愛の証《あかし》に、
そのいちばん大切なものを亡き人に貢《みつ》いでしまう。

オフィーリア　（歌う）お顔に白布《しろぬの》もあてられず、お棺は
　運ばれ、
へイ　ノン　ノニィ　ノニィ　へイ　ノニィ
お墓にゃ涙が雨とふりました
さようなら　わたしのいとしいかた！

レァティーズ　ああ、お前が正気で仇討ちをせがんでも、こんなにおれの心は動かされなかっただろう。

オフィーリア　あなたも歌わなきゃだめ、「下に、下に」って、「いとしい方は墓の下ふかく」って。まあ紡《つむ》ぎ車になんてよく合う節《ふし》だこと。ご主人の娘を盗んだのは嘘つき執事だったのよ。

レァティーズ　気が狂《ふ》れたものの他愛ない言葉が正気のものよりも強く胸にせまってくる。

オフィーリア　（レァティーズに）これがマンネンロウ、思い出の花よ。どうか忘れないでね、あなた。それからこれが三色スミレ、もの思う花だわ。

レァティーズ　狂気のなかにも教訓がある、物を思って忘れるなとは、まさにピッタリだ。

オフィーリア　（国王に）あなたにはウイキョウとオダマキだわ。（王妃に）あなたにはこれ、悔《くや》み草ヘンルーダよ。あたしにも少しとっておくわ。これは安息日の恵み草とも言うの。まあ、あなたのヘンルーダは形を変えておつけにならないといけないわ。ヒナ菊もあるの、あなたにはスミレをあげたいのだけど、みんなしぼんでしまったわ、あたしのお父様が亡くなった日だったわ。立派なご最期だったってお話だわ。（歌う）やさしいいとしい駒鳥は、うれしいたのしいことばかり。

レァティーズ　物思う哀感も、悲しみの高ぶりも、
また地獄の責苦《せめく》までも、
妹はみな美しく愛らしいものに変えてしまうのだ。

オフィーリア　（歌う）
もどって来ないの、あの人は？
もどって来ないの、あの人は？
来ないわ、死んだんですもの、
死ぬまでまってもむだなのよ、
あの人はもう帰らない。

おひげはまっ白、雪のよう、
おつむもまっ白、麻のよう、
死んだわ、死んだわ、あの人は
いくら泣いてもむだなのよ、
あの人に、どうぞ神さま安らぎを！
それからみなさまにもお恵みがありますようにお祈りします、ご機嫌よう。（退場）

レァティーズ　ああ、何という哀れな姿だ！

国王　レァティーズ、君とその悲しみをともにしたい、
わしのこの本心が分かるはずだ、さああ引きさがって、
誰でもいい、君のもっとも思慮深い友人を選び、
君とわしとのあいだのことを聞いてもらい、
判断してもらおうではないか。わしが直接にしろ
　間接にしろ
この事件にかかわっているとわかれば、
わしはこの王国も王冠も生命も、
またわしの所有となっているすべてのものまで、
君の気にすむままに譲り与えるつもりだ。
だが、かかわりなしとわかれば、
辛抱してわしの話を聞き、互いに協力して
君の悲憤をはらすよう骨をおろうではないか。

レァティーズ　そういうことにしよう。
父の死にかた、粗末な葬儀――
遺骸を飾る甲冑も剣も紋章もなく、
格式ある儀式もとり行われず、
おおやけに正装安置されることもなかった――
これには天地にとどろく恨みの声があげられている。
是非ともこれに答えてもらいたい。

国王　かならずそうしよう。
そして罪あるところには存分に
復讐の斧《おの》を打ちおろすがよい。
では、わしといっしょに来てくれ。（退場）

ひとり語り

さて、国王が言葉巧みにレァティーズの復讐心をあやつり、ハムレットこそレァティーズの矢面《やおもて》に立つべき人間であるとようやく説得した時、突然にハムレットがひとり帰国したという知らせがはいった。

航海に出てまもなく、不安に駆られたハムレットは、クローディアスのイギリス王宛親書を探し出し封をきった。すると「この親書を一読したら、即座にハムレットの首をはねよ」とあった。とっさの機転を利かせたハムレットは、自分の名を抹消し、かわりに「持参人の首を即刻はねよ」と書きかえたのである。ハムレットは、ロゥゼンクランツとギルデンスターンの二人とも、ポロゥニアス同様に出しゃ張り者で、当然の報いを受けるべきと考えた。そしてその翌日、つまり航海の二日目に海賊船に襲《おそ》われ、ハムレットだけが捕らわれた。これが、かえって幸いして、帰国することができたのであった。ハムレットはあらためて「事を計るは人、事をなすは天」と深く悟った。

ここでクローディアスはまたしても矢継ぎ早に新たな策をたてた。それは細身の剣にかけては天下に上にでるものがないと評判のレァティーズにハムレットの挑戦をうけさせることであった。二人の勝負は賭けごととして行われることとした。しかもレァティーズの使う剣は先《さき》留《ど》めがしてないばかりか、切っ先に猛毒が塗ってあった。それはハムレットを一突きに殺すという卑怯《ひきょう》千万なやり方であった。おまけにのどの渇《かわ》きをうるおす為、ハムレットにすすめる飲み物にも毒をいれておくという周到ぶりであった。クローディアスは今度こそハムレットの最期と確信していた。

そこにまた悲しい知らせがまいこんだ。オフィーリアが溺れ死んだというのであった。

舞台7　舞台に国王とレァティーズ

国王　だがまて、何だあの騒ぎは？

王妃登場

王妃　悲しみは踵《くびす》を接して切れ目もなくやって来ます。
レァティーズ、あなたの妹が溺れ死んだのです。

レァティーズ　溺れ死んだ！　いったいどこで？

王妃　小川におおいかぶさるように張り出して、
銀色の葉裏《はうら》を、鏡のような川面《かわも》に映している
柳の木があります。
その柳の小枝に、キンポウゲ、イラ草、ヒナ菊、
それから、口うるさい羊飼いたちは

淫《みだら》な名をつけているけど、
清純な乙女たちが
死人の指とよんでいる紫蘭《しらん》も編みこんで、
あの娘《こ》は奇抜な花冠《はなかんむり》をつくりました。
それから垂れさがった柳の枝にその花冠をかけようと
よじ登った時、その枝はすげなく折れて、
オフィーリアは花冠《はなかんむり》諸共《もろとも》に、
すすり泣く川の流れに落ちました。
衣装は川面《かわも》に広がり、人魚のように浮かんだひととき、
あの娘《こ》は古い讃美歌をとぎれとぎれに口ずさみ、
わが身にさしせまる禍いにまるで気づかぬよう、
また水に生まれて水に生きるもののようでした。
でもそれが長くつづくはずもなく、水を吸い、
重みを増した衣装が、哀れなあの娘《こ》を
川底の泥のなかに引きおろし、
可愛い歌声も消えました。

レァティーズ　かわいそうに、
そのまま溺れてしまった？

王妃　溺れたの、溺れてしまったの。

レァティーズ　ああなんて不憫なオフィーリア、
お前には水はもうたくさんだろう、
だから涙など流したくないのだが、
これが人情というものか、涙があふれて仕方がない。
えいっ、涙よ勝手にしろ、涙が出尽くせば
女々しさも消えるはずだ。では陛下、おいとまします、
燃えあがる炎のようにはげしい言葉を吐きたいのだが、
いまはこのおろかしい涙で消し止められています。
（退場）

国王　ガートルード、ついて行こう。
あれの激しい怒りをしずめるのに
なんと骨のおれたことか！
これがきっかけでまた癇癪《かんしゃく》をおこすかもしれぬ、
だから後をつけよう、さあ。
（退場）

ひとり語り

ハムレットはイギリスへの航海途中、九死に一生を得た。そして幸いにもふたたびデンマークの土を踏むことになった。その時、ハムレットはすでに気違いの装《よそお》いと訣別し、もはや発作的感情の虜《とりこ》とはならず、冷静に現実と直面できる人間となっていた。復讐の心に揺《ゆ》らぎはなかったのだが、汲々《きゅうきゅう》と策を弄して苛立つハムレットから脱皮していた。天の摂理にいっさいを委ねていた。たまたま鼻歌まじりに墓掘りをしていた道化と話しこみ、人の世の哀れを身にしみて感じたのもその為であったろ

うか。かつては神をも陥《おとしい》れるほどの政略家も、また権勢を誇る宮廷人や法律家も、死んでしまえば一様に、蛆虫《うじむし》夫人の意のままとは、何ともはかない人の世であると悟った。

皇帝シーザー、死して一片の土くれとなり、もって
穴をふさぎ、風をさえぎる。かつて天下を畏怖《いふ》せし
めたる肉体も、ただ壁穴ふさぎ、冬の風除《かざよ》けと成り
果てしとは！

とハムレットはしみじみ述懐《じゅっかい》するのであった。

こうして死について深く考えている時、野辺送りの列が近づいてきた。ハムレットはホレィシオゥと共に急いで物陰に身をよせ様子をうかがった。すると何とオフィーリアの葬送ではないか。レァティーズが妹オフィーリアの遺骸を抱き嘆き悲しむのを目にしたハムレットは、ふたたび激しい悲しみと怒りの感情におそわれた。ハムレットは激情に駆られるまま公然と躍り出た。

レァティーズの大袈裟《おおげさ》な嘆きに張り合ってハムレットが咄嗟《とっさ》にあげた声は、それまで抑《おさ》えに抑えていた本心であった。回《まわ》りくどい遠回しの態度はもはや無用となった。「われこそはデンマーク王子ハムレット」と、デンマークの王族として国の運命を担《にな》う責任と自覚を公言し、さらに「わたしはオフィーリアを愛していた、実の兄何万人の愛を合わせても、わたしの愛の深さにはおよばぬ」と言い切った。

ながいこと偏屈に固執していた性への嫌悪感を克服し、男女の自然の愛を、いかにも不釣り合いなまで素直にうけいれたのである。デンマークの正常な秩序を回復するにふさわしい品格と意欲を示したかったのであろう。こうしてクローディアスの次の陰謀を予測しながらも、何らの対策もたてずに、レァティーズとの剣の勝負を平然とうけいれた。すべてが天の摂理のままにと決めたのである。

舞台8　城内大広間

ハムレットとホレィシオゥ話しながら登場

ホレィシオゥ　殿下、この賭け、負けだと思います。

ハムレット　そうは思わんね。あの男がフランスへ行ってからというもの、わたしは欠かさず稽古にはげんできたしね。わたしに付けられた有利な条件で勝目はあるよ。だが君にはわからんだろうが、どうもこのあたり胸が塞《ふさ》がる思いなのだ。だがこれがどういうことはあるまい。

ホレィシオゥ　いや、それならば殿下——

ハムレット　ただの馬鹿げた感傷さ、女なら気に病みそうな胸さわぎっていうものだね。

ホレィシオゥ　お気に召さぬならば、おやめになるがよろしいでしょう。皆さまのこちらへのお越しをお止めして、殿下のご気分がすぐれない旨、お伝えいたしましょう。

ハムレット　いや、気にすることはない。前兆などどうでもよい。雀が一羽落ちるにも天の摂理があるもの。それが今なら、後には来ない。後に来ないのなら、それは今であろう。今でなければ、やがて必ず来る――覚悟こそすべてなのだ。人はみな、何もかもこの世に置いていく、なれば早くそうすることが何であろう？　それでよい。

はなやかな音楽のなか、従者たちテーブル、トランペット、太鼓、椅子やクッション、試合用の剣、短剣、長手袋やワインなどを用意する。国王、王妃、レァティーズ、貴族たち登場

国王　さあ、ハムレット、ここへ、この手をとるのだ。

（国王、レァティーズの手をハムレットに握らせる）

ハムレット　許してくれ、わたしが悪かった。……
わたしの狂気の仕業《しわざ》であったのだ。……
ここに居並ぶ方々の前で、
わたしが悪意からしたのではないというこの申し開きを、
どうか君の寛大な心でうけいれてくれ、
屋根越しに矢を放って自分の兄弟に
怪我をさせてしまったのだ。

レァティーズ　父を思う心が、この場合
復讐を強く迫っているが、その点は了解しよう。
しかし名誉という点では得心《とくしん》するにはほど遠く、
名声の高い然るべき年長者の意見を求め、
和睦がわたしの名折れにならないという
先例を示してもらうまでは、
和解する気にはなれんです。しかしその時まで、
お申しいれの友情は友情として受けいれ、
粗末にはいたしません。

ハムレット　それを聞いて大へん嬉しい。
では恨みっこなし、心おきなく兄弟同士の試合をしよう。
どれ、剣をくれ、さあ。

レァティーズ　さあ、こちらにも剣を。

ハムレット　レァティーズ、わたしは
君の引き立て役にまわる。
君のするどい剣は、わたしのにぶい剣にくらべ、
暗夜に光る星のように人の目を引くであろうよ。

レァティーズ　ご冗談が過ぎます。

ハムレット　いや、本気だ。

国王　オズリック、両人に刃先を鈍《にぶ》く丸めた試合用の剣を
渡してやれ。ハムレット、

賭けについては分かっているな？
ハムレット　よく分かっております。
陛下には弱い方に分《ぶ》があるように考えて
いただいたようです。
国王　心配はしておらん。
二人の腕前はよく知っておるのでな。
だがここのところレァティーズが腕をあげたというので
差をつけたまでだ。
レァティーズ　これは重すぎる、別のをくれ。（テーブルへ
行って先がとがったままの毒ぬりの剣をとってくる）
ハムレット　わたしはこれでいい、
長さは全部同じだろうね。
オズリック　さようでございます。殿下。
国王　杯はその卓上に並べてくれ。
もしハムレットが一回目か二回目に一本取るか、
或いは三回目に相打ちとなれば、
すべての城壁からいっせいに祝砲を放て。
その時、王はハムレットの健闘をたたえて祝杯をあげる、
そして杯には天下無類の真珠を投げいれよう。
ここ四代のデンマーク国王の王冠を飾った真珠に
まさる逸品だ。
さあ、杯をくれ、そして太鼓はラッパに、
ラッパは大砲に、大砲は天に、天は大地に鳴り響け、
「今、国王はハムレットのために祝杯をあげるのだ」と。
では始め。（トランペット吹奏）
審判役の諸君、しっかり判定するのだぞ。
ハムレット　さあ、こい。
レァティーズ　さあ、勝負！
ハムレット　一本！
レァティーズ　なしっ。
ハムレット　判定は？
オズリック　一本ありっ、確かに一本です。
（一連の太鼓、トランペット、祝砲が鳴り渡る）
レァティーズ　では、二回目だ。
国王　待て、祝杯をくれ、ハムレット、
この真珠はお前のものだ。
お前の為に乾杯だ、ハムレットにこの杯を取らせよ。
ハムレット　まずこの一番をやってからにします。
そこに置いといて下さい。
さあ、来いっ。（両人たたかう）
一本！　二本目だ、どうだ？
レァティーズ　かすった、かすりました、たしかに。
国王　ハムレットの勝ちとなるな。
王妃　あの子は汗かきで

もう息切れがしているわ。
ハムレット、このハンカチで額を拭《ぬぐ》いなさい。
ハムレット、お前さまの幸運に王妃が乾杯しますよ。
ハムレット　ありがとう、母上！
国王　　ガートルード、飲むでない。
王妃　陛下、いただきます、どうかお許しを。（王妃飲む）
国王　（傍白）毒入りの杯だ、もう遅い。
ハムレット　母上、その杯、あとでいただきます。
王妃　さあ、お顔を拭かせておくれ。
レァティーズ　陛下、今度こそ一本とります。
国王　　どうかな、あぶないものだ。
レァティーズ　（傍白）だが何とも
気がとがめて仕方がない。
ハムレット　さあ、レァティーズ、三回目だ。
君は本気になってないな。
本腰をいれて突いてこい、たのむ。
まるでからかわれているのが丸見えだ。
レァティーズ　よくおっしゃいますな、ならば、さあ。
（たたかう）
オズリック　勝負なし、引き分け。
レァティーズ　それっ、どうだっ！

レァティーズ、ハムレットの不意をついて傷を負わす。
つかみあいとなり二人は剣を取り違え、ハムレットがレ
ァティーズに傷を負わす

国王　二人を引きはなせ。二人とも逆上しておる。
ハムレット　だめだ、もう一度、さあ来いっ。
（王妃が倒れる）
オズリック　あっ、王妃さまが！
ホレィシオゥ　二人とも血を流している、
どうなさいました、殿下？
オズリック　どうなされた、レァティーズ殿？
レァティーズ　迂闊《うかつ》であった。
囮《おとり》のはずが囮にかかったのだ、オズリック。
自分のしかけた罠《わな》にかかって死ぬ、当然の報いだ。
ハムレット　王妃はどうなされた？
国王　血を見て気を失ったのだ。
王妃　いいえ、いいえ、そのお酒が！
ああ、けなげなハムレット！
お酒、お酒が、毒入りでした。（王妃、死ぬ）
ハムレット　おお、悪事発覚だ！　おーい、扉を閉めろ。
裏切りだ！　犯人を探せ！
（レァティーズ倒れる）
レァティーズ　それはここに、ハムレット、

あなたもすでに殺された、
この世のどんな薬も、もう役にはたたないのです。
あなたには、はや半時の生命もないのです。
裏切りの道具はあなたの手にある、
切先はとがったままで毒がぬってあるのです。
きたない計り事の報いが
この身にかえったのです。ごらんなされ、
こうして倒れております。
二度と立ちあがれないのです。
お母上は毒を飲まされたのです。
もう口がきけない、国王、国王が悪いのです。

ハムレット　切っ先にも毒が？
それなら毒よ、おまえの使命をはたせ！　（国王を刺す）

一同　反逆だ！　反逆だ！

国王　おうい、みなの者、護衛をたのむ。
手傷を負っただけだ。

ハムレット　さあ、淫乱な人殺し、
極悪非道なデンマーク王、
この毒杯を飲みほせ、きさまの投げいれた
真珠の効《き》き目《め》は後追い心中だ、
さあ、母上の後を追え！　（国王死ぬ）

レァティーズ　それが当然の報い、
国王自身が調合した毒薬なのだから。
寛容なハムレット様、お互いに許しあいましょう、
わたしとわたしの父の死があなたの罪とならず、
またあなたの死もわたしの罪となりませぬように！
（死ぬ）

ハムレット　天よ、君の罪を許したまえ！
すぐ君の後について行く。
ホレィシオゥ、もう末期《まつご》が近い。
踏み拉《しだ》かれた王妃よ、さようなら！
この惨劇に顔蒼《あお》ざめてふるえ、
ただの黙《だま》り役か見物人とみゆるおのおの方、
ああ、時間が欲しい！　この非情な召捕り役の死神めが
容赦ない、ああ、話しておきたいのだが――
しかたがない。ホレィシオゥ、もはや命がない、
君は生きながらえてわたしのこと、またわたしの志を、
納得のいかぬ人々に正しく伝えてほしいのだ。

ホレィシオゥ　それは心外です。
私はデンマーク人であるより、
むしろ古代ローマ人でありたいのです。
さあ、ここにまだ毒酒が残っております。

ハムレット　君が男なら、
その毒杯をよこせ、手放すのだ。

後生だから渡してくれ！
ああ、ホレィシオゥ、事の顚末《てんまつ》が
このままうやむやに終るなら、
わたしの不名誉は末代に残るのだ！
もし君がわたしを心底から思ってくれるなら、
どうかしばらくは天国の幸いから遠ざかり、
この厳《きび》しい世に喘《あえ》ぎ長らえて、
わたしのことを語り伝えてくれ。
（遠くより軍隊の行進する音、銃声。オズリック退場）
あの勇壮な物音は何だ

オズリック登場

オズリック　ノールウェイのフォーティンブラス殿下が
ポーランドよりの凱旋途上、
イギリスからの使節に出会い、
あのように勇壮な礼砲をはなったのです。
ハムレット　ああ、ホレィシオゥ、もう死ぬ。
はげしい毒がまわって意識朦朧《もうろう》となった。
イギリスからの知らせを聞くこともかなうまい。
だが王位はフォーティンブラスが継ぐと言い残す、
これがわたしの今際《いまわ》の言葉だ、
そう伝えてくれ、それからこのようなことになった
もろもろのいきさつも——
あとは、沈黙。（死ぬ）
ホレィシオゥ　いま、気高いお心が砕けてしまわれた。
おやすみなさい。理想の殿下。
群がる天使の歌声に、み心永遠《とわ》に安らかなれ！
（進軍の音）
どうしたのだ、太鼓の音が近づいてくる。

進軍の音が強まり、やがて葬送の曲のなか
遠く礼砲が聞こえる

舞台・翻訳場面の原作索引（主としてTHE ALEXANDER TEXT（COLLINS）を底本とした）

◆ロミオとジュリエット

舞台1・三頁
　原作　第一幕・第二場・八二行以下

舞台2・四頁
　原作　第一幕・第四場・一～一三行／三三～三四行／一〇五行以下

舞台3・四頁
　原作　第一幕・第五場・三九～五一行／九一～一一八行／一二六行以下

舞台4・七頁
　原作　第二幕・第二場・二～三行／一〇～一四行／二三～七八行／九八～一〇六行／一三五行以下

舞台5・一二頁
　原作　第三幕・第一場・一三八行以下

舞台6・一五頁
　原作　第五幕・第三場・七一～一六九行

◆ヴェニスの商人

舞台1・二三頁
　原作　第一幕・第三場・一～二五行／五四～六五行／九八～一一七行／一二五行以下

舞台2・二七頁
　原作　第二幕・第八場・一五～二二行

舞台3・二九頁

原作　第四幕・第一場・一四三～二〇〇行／二一八～二二五行／二三八～二六三行／二七七～三一一行／三二八～三五二行／三六九～三九五行

◆お気に召すまま

舞台1・四〇頁
　原作　第一幕・第一場・全
舞台2・四五頁
　原作　第二幕・第一場・全
舞台3・四六頁
　原作　第二幕・第四場・一～二四行／三一～三三行／四〇～四三行／四九～六一行
舞台4・四八頁
　原作　第二幕・第七場・一三六行以下
舞台5・五一頁
　原作　第三幕・第二場・一一～七七行／一六〇～一七七行／一九七～二三六行／二七七～三四一行／三六六行以下
舞台6・五八頁
　原作　第五幕・第二場・三九～六八行〃第五幕・第四場・一～三四行／一〇二～一四〇行

◆十二夜

舞台1・六五頁
　原作　第二幕・第四場・二一～四〇行／七八行以下
舞台2・六八頁
　原作　第一幕・第五場・二七八～二八二行／二九二行以下〃第二幕・第二場・三一行以下
舞台3・六九頁
　原作　第二幕・第三場・一～一七行／七〇行以下
舞台4・七四頁
　原作　第五幕・第一場・四四～二七五行／三〇二行以下

◆ハムレット

舞台1・八七頁
原作　第一幕・第一場・一～六九行／一二六行以下

舞台2・九一頁
原作　第一幕・第二場・一二九～一五九行〃第二幕・第二場・二九五～三〇九行

舞台3・九三頁
原作　第一幕・第四場・三八行以下・第五場・一三行まで／同第五場二三一～六四行／七四～一二二行／一四四行以下

舞台4・一〇〇頁
原作　第二幕・第二場・五四一～五六五行／五七五行以下

舞台5・一〇一頁
原作　第三幕・第一場・一五行以下

舞台6・一〇八頁
原作　第四幕・第五場・一〇八行以下

舞台7・一一二頁
原作　第四幕・第七場・一六三行以下

舞台8・一一四頁
原作　第五幕・第二場・二〇一～三五三行

解説にかえて——シェイクスピア退場・最終講義から——

慶應義塾に三〇年ご厄介になりまして、いよいよ最終講義をする段階になりました時、私の脳裡をかすめましたのは、シェイクスピアが演劇界から引退した頃の様子であります。ウィリアム・シェイクスピアについてはすでに皆様ご承知の通りでありまして、一五六四年イングランドの中部（Midland）ウォリックシャー（Warwickshire）南部、ストラットフォード・アポン・エイヴォン（Stratford-upon-Avon）という小さな都市に生まれました偉大な劇作家でありります。シェイクスピアについてはその伝記的資料は現代作家に比すれば誠に乏しい為にその実在を疑う声すらございます。その最たるものはシェイクスピア＝ベイコン説であります。これはアメリカ生れのディリア・ベイコン（Delia Salter Bacon, 1811-59）という、女性の学者でありますが一八五七年に刊行した著書*Philosophy of the Plays of Shakespeare Unfolded,* で提唱したのが始まりであります。彼女によればシェイクスピア劇と言われるものはフランシス・ベイコン（Francis Bacon, 1561-1626）の率いる複数の人たちによって書かれたというのであります。このベイコン説のほかにもシェイクスピアはシェイクスピアと同年の生れで大学才人の一人としてシェイクスピアよりも早く世に出て一五八〇年代後半に活躍したが酒場の喧嘩で二九歳で早逝したクリストファー・マーロウ（Christopher Marlowe, 1564-93）であるとか、或いはオックスフォード伯爵であるとか、さらに新しいところではたしか昨年（一九九二年）であったと思いますが、シェイクスピアは実はエリザベス一世であったとして、エリザベス女王の天顔にシェイクスピアの髪型をつけたコンピューター・グラフィックによる絵が新聞紙上にのりました。これらはすべてストラットフォード生れのシェイクスピアを否定するものでありまして、ひとまとめにシェイクスピア＝ベイコン説、或はストラットフォード説反対派（Anti-Stratfordian Theory）と言われております。しかし今日では、この時代ストラットフォードに生まれた人物が後の一五九〇年代にロンドンの劇団で活躍したウィリアム・シェイクスピアであるというのが定説となっております。本日は、これを証明する手掛かりもいろいろ発表されておりますことを申しそえるだけにとどめ、一般にうけ容れられております線にそって、シェイクスピアの生涯を概観してみたいと思います。

シェイクスピアの祖父、リチャード（Richard Shakespeare ?-1561）は一五二五年頃までストラットフォードの北東八マイルほどのバドブルク（Budbrooke）という村に住んでおりましたが、やがて一五二八―九年頃までにはストラットフォードの北方三マイル程の地、スニッターフィールド（Snitterfield）という村に移り、そこで一一世紀より続いているウォリックシャーの由緒ある旧家、アーデン家の土地を借りて耕作に従事したと言われております。リチャードは一五三〇年代にこの地で二人の息子ジョンとヘンリィに恵まれ一五六一年にその一生を終えました。

リチャードの耕地の地主であったロバート・アーデン（Robert Arden）はウィンコット（Wilmcote）に住み八人の娘達を育てておりましたが、このウィンコットはストラットフォードの北西三マイルほどにありましたから、ウィンコット、スニッターフィールド、ストラットフォードの三地点を結ぶ線はおおよそ正三角形を成し、互いに歩いて一時間ほどの距離ということになります。

ジョン・シェイクスピアは一五五〇年頃にストラットフォードに移り、手袋製造の仕事を始めました。或いは羊毛や穀物の仲介を生業としたともいわれております。ジョンの商売は繁盛し、ロバート・アーデンが一五五六年に世を去って間もなく、恐らく一五五七年にアーデン家の末娘メアリィ（Mary）を妻とすることができました。婚礼はウインコットを管轄していたアストン・カントロゥの教会で挙げられ、花嫁はヘンリィ通り（Henley Street）に臨むシェイクスピア家に迎えられたのであります。翌一五五八年九月一五日には長女ジョウン（Joan）の洗礼記録がみられます。次女マーガレット（Margaret）は一五六三年四月に生後五か月で埋葬されております。長女・次女とも早逝しましたが、恐らく一五六三年の疫病の犠牲になったものと思われます。(1) そして翌一五六四年四月二六日（水）にストラットフォードの教区教会ホーリィ・トリニティー教会（Holy Trinity Church）に長男ウィリアムの洗礼が記録されました。生後二〜三日で洗礼を受けるのが当時の習慣でありましたが、たまたまイングランドの守護聖者である聖ジョージ（St. George）を記念する祭日が四月二三日であり、また五二年後の一六一六年のこの日がほぼ確かなシェイクスピアの命日でもありますので、ウィリアム・シェイクスピアの誕生は一五六四年四月二三日と考えられるようになりました。奇しくも、わが慶應義塾の創立記念日にあたります。ジョンは文盲であったと言われていますが、家業に成功し、次第に町民の信頼を得て、一五六五年頃には町の参事会員（alderman）となり一五六八年、シェイクスピアが四歳の頃には町長（bailiff）に選ばれ、町の行政の最高責任者の地位に立ちました。また一五七一年シェイクスピアが七歳の頃には参事会員の筆頭として治安判事に就任しております。この頃がジョンの黄金時代でありました。しかし、一五七七年頃からジョンは経済的に没落し始めましたが、これには家業の不振ばかりでなく、信仰上の問題もからんでいたと考えられております。一五八〇年にはジョンの生活は既に困窮しておりました。

この時期、一五八二年――日本では織田信長が本能寺に倒れた年でありますが、その一一月二七日付でシェイクスピアとテンプル・グラフトン（Temple Grafton）の住人アン・ウェイトレィ（Anne Whateley）との結婚許可書が出ており、また翌日の一一月二八日付でストラットフォードから西へ歩いて二〇〜三〇分ほどの町外れのショタリィ（Shottery）に住む女性、アン・ハサウェイ（Anne Hathaway 1556-1623）とシェイクスピアとの結婚保証人連署がありました。ウェイトレィの記録は今日ではハサウェイの誤記と考えられております。(2) シェイクスピアは一八歳にして八歳年長のアンと結婚しましたが、結婚して半年にもならない翌年の五月二六日に長女スザンナ（Susanna）が受洗しております。そして一五八五年二月二日にはハムネット（Hamnet）とジュディス（Judith）という男女の双生児の洗礼が記録されております。この年以後一五九二年までの七年間、シェイクスピアについての確かな記録はなく、俗に「シェイクスピア伝の失われた年代」（Lost Years）と言われております。ただシェイクスピアが一五八七年あたりにロンドンに出たであろうということについてはいくつかの根拠があげられます。当時のストラットフォードには毎年いくつかの旅役者達の劇団が訪れておりましたが、一五八七年にはウスター伯一座（Worcester's Men）がシェイクスピアより二歳年下の新星、エドワード・アレン（Edward Alleyn, 1566-1626）を伴ってこの地を訪れたのであります。ほかに五つの旅廻り劇団が一五八七年のうちにストラットフォードを訪ねております。芝居好きのシェイクスピアがこうした事情下にあってロンドンに憧れ始めたのも誠に無理からぬことと申せましょう。ジェイムズ・バービッジ（James Burbage, 1530-97）がビショプスゲィト（Bishopsgate）北方のロンドン郊外ショーディッチ（Shoreditch）に英国最初の常設劇場「劇場座」（The Theatre）を建てたのが一一年前の一五七六年、翌一五七七年にはそのあたりのカーテン・クロゥス（Curtain close）という敷地にヘンリィ・ランマン（Henry Lanman）が「カーテン座」（The Curtain）を建て、さらに一五八七年にはフィリップ・ヘンズロゥ（Philip Henslowe, ?-1616）がテムズ河の南岸に「バラ座」（The Rose）を建て、バンクサイド（the Bankside）は北郊ショーディッチと張合う興行地となりました。またイギリスで役者稼業が発生したのはおそらく一五〇〇年前後であったろうと考えられておりますが、これまで冷遇されていた役者たちが漸く日の目を見るようになりました。一五六九年一一月、北英カトリック貴族たちがスコットランド女王メアリをまきこんでエリザベス女王の中央集権政策に対して反乱を起したのがきっかけとなり、女王への忠誠と社会秩序安定の為の締め付けがきびしくなり、一五七二年六月二九日、「浮浪者処罰ならびに困窮者及び身体虚弱者救済法」（An Act for the Punishment of Vagabonds and for Relief of the Poor and

Impotent）が発布され、旅役者たちの活動が規制され、役者たちはすべて貴族をパトロンとしてその庇護をうけなければならないことになりました。これによって、役者たちはかえってその生存権を認められたわけであります。役者たちは特定の貴族の配下となることで身分を保証され、経済的には独立採算でありましたから、芝居好きの貴族たちにとっても劇団をもつことは自分の勢力を世に示すことになり好都合でありました。こうして一五八三年三月一〇日にはエリザベス女王をパトロネスとする「女王一座」（Queen's Men）が結成されるほどに、役者の地位は向上したのであります。(3) そして一五八七年はトマス・キッド（Thomas Kyd, 1558-94）の『スペインの悲劇』（*The Spanish Tragedy*）とクリストファー・マーロゥの『タンバレイン大王』（*Tamburlaine the Great*）の二つの戯曲の初演の年と目されイギリス演劇史上記念すべき年でありました。シェイクスピアがこの初演を見たかどうかは申せませんがとにかくシェイクスピアは『タンバレイン大王』の初期の上演をみて劇作家を志したと言われております。(4) 一般大衆の演劇熱は高まり、オックスフォードやケンブリッジの大学を出て、劇作を本業とする一群の若い「大学才人たち」（University Wits）も現れロンドンの演劇界には活気が溢れておりました。

さらに一五八七年には注目すべき事があります。ストラットフォードにおけるシェイクスピアの先輩、リチャード・フィールド（Richard Field, 1561-1624）はロンドンに出て、長いこと印刷業の徒弟修業をつんでおりましたが、この年に、マスターの未亡人と結婚して、すぐれた印刷業者として新しくスタートしたのであります。このフィールドが、おそらくシェイクスピアのロンドン入りの力となったと思われます。シェイクスピアの二つの詩集、『ヴィーナスとアドゥニス』（*Venus and Adonis*, 1593）、『ルークリースの凌辱』（*The Rape of Lucrece*, 1594）をはじめて印刷したのも、このフィールドだったのであります。

さてロンドンに出たシェイクスピアについての最初の言及は、大学才人の一人、ロバート・グリーン（Robert Greene, 1558-92）が、死の直前に書いたらしい自伝風の断章、『百万もの後悔で買った三文の知恵』（*Greene's*

Groatsworth of Wit Bought with a Million of Repentance, 1592）のなかにみられます。グリーンはオックスフォード、ケンブリッジの両大学の学位をもちながら、放蕩生活のあげく一五九二年九月三日に不遇を悔いながら貧窮のうちに死んだのであります。その際、同じ大学才人たち仲間であるマーロウ、ナッシュ（Thomas Nashe）、ピール（George Peele）たちへの警告として書き残したのがこの『三文の知恵』であります。役者たちというのはわれわれに恩義があるはずなのに、今の私のように不遇な身の上になればあっさり見棄ててしまうのだから、「彼らを信用してはいけない。それというのも一羽の成り上り者の烏がいるからだ。われわれの羽毛で飾りたて、その虎の心を役者の皮で包んで、あなた方の誰よりもうまく無韻詩をうたうことができると思いこみおまけに完璧な「何でも屋」で、この国では自分だけがただひとり舞台を揺り動かしているのだとうぬぼれている」と言っております。(5)

“Yes trust them not: for there is an upstart Crow, beautified with our feathers, that with his Tiger's heart wrapt in a Player's hide, supposes he is as well able to bombast out a blank verse as the best of you: and being an absolute *Johannes fac totum*, is in his own conceit the only Shake-scene in a country.”

ここで「一羽の成り上り者の烏」（an upstart Crow）には大学も出てない田舎者という軽蔑の思いがこめられており、シェイクスピアを誹謗したものと考えられております。確かにシェイクスピアを指しているのだと証明できるのは「虎の心を役者の皮で包んで」であります。これはシェイクスピアが一五九〇―一年の頃書いた芝居、『ヘンリィ六世』の第三部に出てくるせりふをもじった言葉であります。薔薇戦争を扱った芝居でありますがヨーク家側の領《りょう》袖《しゅう》、ヨーク公爵リチャード（後のリチャード三世の父親）が捕えられ、ランカスター側のマーガレット王妃にさんざん毒突かれたあげくに殺されるのでありますが、憤慨したリチャードは長い痛罵のせりふを浴びせ、マーガレット王妃をさして「虎の心を女の皮で包んだやつ！」（O tiger's heart wrapp'd in a woman's hide! *3H6*-I. iv. 137）と叫んでおります。グリーンにとって、シェイクスピアこそまさに目の敵、成りあがり者の烏にほかならなかったと考えられます。「舞台を揺り動かす」＝Shake-scene はグリーンの造語でありましてシェイクスピアにかけて言っていることは誰の目にも明らかでありましょう。

さて本日の演題は「シェイクスピア退場」でありますが、それにはまずご登場いただかねばなりませんので、グリーンの『三文の知恵』についてお話したわけでございます。これによって、シェイクスピアは一五九二年にはすでにロンドンの演劇界に華々しく登場していたことがわかります。ロンドン演劇界は一五八〇年代に確立し目ざましい発展を遂げたわけでありますが、一五九二年の前後にはグリーンが書いております様に、ロンドン演劇界はシェイクスピアの独壇場の観を呈していたと思われます。シェイクスピアの先輩劇作家として復讐劇に道を開いたキッドは一五九四年に三六歳で世を去りますが、一五九〇年以後にはさしたる創作もなく、また『タンバレイン大王』によってブランク・ヴァースの完成者となったマーロゥも僅か二九歳の若さで一五九三年五月三〇日、酒場での喧嘩に倒れます。さらに宮廷散文喜劇に優雅な感受性とウィットを導入して活躍したジョン・リリィ（John Lyly, ?1554-1606）にも一五九〇年以後の劇作品はありません。シェイクスピアに続く劇作家はと言えば、ジョン・マーストン（John Marston, ?1576-1634）とトマス・デカー（Thomas Dekker, c. 1572-1632）対ベン・ジョンソン（Ben Jonson, 1572-1637）の間で、一五九九年から一六〇二年頃にかけて、所謂劇場戦争（War of the Theatres）が繰りひろげられていたのであります。加えてリチャード・タールトン（Richard Tarlton, ?-1588）の後継者として、当時の花形喜劇役者であったウィリアム・ケンプ（William Kemp）の引退が大変に重要な意味をもっております。[6] 彼は「レスター伯一座」から「ストレインジ卿一座」へ、そして「宮内大臣一座」へと、常にエリザベス朝のそれぞれの年代の主流となった劇団に、人気役者として身を置き、一五九四年に結成された「宮内大臣一座」でも幹部座員として名を連ねておりましたが、この頃から端役にまわり、一五九九年の「グローブ座」建設には株主として参画したにもかかわらず、間もなく退団し、一六〇〇年二月から三月一一日にかけて、当時大評判となりましたロンドンからノリッジにいたる一か月のモリス・ダンス行脚に出かけたのであります。このケンプは先輩のタールトン同様、当意即妙、即興の芸に長けた役者でありました。この様な役者は、コメディア・デラルテ（commedia dell'arte）の喜劇役者のように即興で大げさな演技をしたり、歌や踊りをいれ、ギャグをとばし、台本からはみ出すことが多かったのであります。ケンプが退団に追いこまれていったということは、次第に台本、つまり戯曲重視の芝居に移行していったということでありま す。劇作家シェイクスピアの仕事がますます重要となり、その活躍の場が広まったことを意味しております。(7) シェイクスピアのロンドン演劇界への登場が、いかに華々しいものであったか、容易に想像できましょう。シェイクスピアの生れた一五六四年はガリレィ誕生の年でもありレオナルド・ダ・ヴィンチ（Leonaldo da Vinci, 1452-1519）とならぶイタリア・ルネッサンスの巨匠、ミケランジェロ（Buonarroti Michelangelo, 1475-1564）の没年でもありました。イタリア・ルネッサンスの影響が、いまイギリスに花開こうとしていたのであります。この様な状況のなかで、シェイクスピアは一五九〇年頃からおよそ二〇年間にわたり劇作家として、詩人として、また役者として活動したのであります。現代標準版のシェイクスピア全集に収められている作品は、戯曲三七、第三代サウサンプトン伯ヘンリィ・リズレー（Henry Wriothesley, 3rd Earl of Southampton, 1573-1624）に捧げた二篇の長篇詩「ヴィーナスとアドゥニス」、「ルークリースの凌辱」と一番から一五四番に及ぶソネット集（sonnets）、ほか三つの詩篇であります。

それではシェイクスピアの仕事場であった劇場について考えてみましょう。イギリス最初の常設劇場は、一五七六年に建てられた「劇場座」でありますが、その構造がどの様なものであったかはっきりしておりません。当時の英国の劇場構造の資料として最も価値の高いものが、バンクサイドは「バラ座」の西方、パリス・ガーデン（Paris Garden）に一五九五年頃までに出現した「白鳥座」（the Swan）の内部スケッチであります。一五九六年頃ロンドンを訪れたオランダ人、ド・ウィット（Johannes de Witt）という人の描いたものを、その友人がまた写ししたものですが、これがオランダ中部のユトレヒト大学（Utrecht Univ.）に残っておりました。また写しのスケッチですから粗雑でありますが、「白鳥座」内部の、舞台構造や、まわりを取り囲んでいる桟敷席と舞台との関係などが一目瞭然となっております。まず中央平土間の客席深くまで舞台が突き出ております。平土間客席に屋根はなく、さらにその廻りを屋根付き多層構造の桟敷席が、三方から或いは四方から舞台を取り囲んでおります。舞台の上には屋根があり、その天井には大部分の観客から見えるように日月星辰の絵が描かれております。つまり頭上に「天」、「この世」は舞台、舞台下の奈落はまさにその名のごとく「地獄」というわけです。この様な考え方は中世聖史劇より受け継いだものでありますが、それはエリザベス朝劇場の舞台構造が宇宙のヒナ型、大宇宙の縮図であり、ギリシャ劇以来の《世界劇場》（Theatrum mundi）というトポスとなっているということであります。そしてこの《劇場は大宇宙の縮図である》という考え方は最近になって、一九六九年でありますが、フランセス・イエイツ（Frances A. Yates, 1899-1981）というルネッサンス精神史研究家の著書『世界劇場』によって別の側面からも補強されました。(8) 詳しくは実際に著書を見ていただくとして、本日は必要な一点だけ取りあげたいと思います。イエイツ女史はイギリスルネッサンス時代の思想家、ジョン・ディー（John Dee, 1527-1608）やロバート・フラッド（Robert Fludd, 1574-1637）などによって、紀元前一世紀のローマ人建築家、ヴィトルヴィウス（Vitruvius）の『建築書』にみられる、「ヴィトルヴィウス的人間」像に基いた宇宙観が、イギリスにも紹介され建築にも応用されていたと考えております。特にジョン・ディーが、イギリス最初の常設劇場を建てたジェイムズ・バービッジ（James Burbage, 1530-97）のパトロン、レスター伯の庇護をうけていたことは重要であります。ディーとバービッジの交流があったと考えられますからバービッジは一五七六年に「劇場座」を建てた時、ヴィトルヴィウス的な考え方を知っており、何らかの形で劇場建築にいかされたかも知れないと想像したくなります。イエイツ女史は、一五九九年バンクサイドに新しく立った「グローブ座」は円形劇場であると言っております。そして張り出した舞台の先端は円形劇場の中心を通る直径上にあるというのであります。(9) これはヴィトルヴィウスの建築書の考え方からは宇宙をさしていることになります。「グローブ座」が円形劇場であったという考えはイエイツ女史以前にも古くからありました。シェイクスピアの『ヘンリィ五世』という芝居のプロローグが屢々その引き合いに出されることは皆さんご承知の通りであります。(10) 本日は中世聖史劇舞台構造の立面図からも、またただ今のイエイツ女史の説くヴィトルヴィウス的宇宙の平面図からも、「グローブ座」が宇宙の縮図であり「世界劇場」というトポスと考えられるという一点を心にとめていただきたいのであります。

さてエリザベス朝イギリスにおける宇宙観について考えてみましょう。当時一般に浸透していた宇宙観は、ギリシャ出身、アレクサンドリアの天文学者、数学者、地理学者であったトレミー(Ptolemy, fl. A. D. 127-51)の唱えた天動説に基づいておりました。ポーランド人天文学者コペルニクス(Nicolaus Copernicus, 1473-1543)が地動説を唱え、その著書も一五四三年に発行されましたが、一般には単なる仮説と考えられ、ガリレィ(Galileo Galilei, 1564-1642)がシェイクスピアの没年一六一六年に地動説を実証して、はじめてローマ教会はコペルニクスの著書を禁書目録(the Index)に載せたという有様でした。余談ながらガリレィの名誉回復がローマ法王パウロ二世(Pope John Paul II)によってなされたのは昨年一九九二年でありました。この様なわけで、エリザベス朝一般民衆の宇宙観に地動説の影響が、はっきり現れ始めたのは、『ハムレット』が書かれた一六〇〇年頃と考えられます。天動説の宇宙図によれば、宇宙全体が球体となっておりその中心に地球があり、透明で同心の天球が入れ子形式に取り囲んでおります。それぞれの天球には、中心の地球に近い方から、月、水星、金星、太陽、火星、木星、土星と七つの惑星が七つの透明な天球のなかにあって天球の回転とともに地球のまわりを西から東へ回転しております。その外側には恒星の天球があり、同様に回転しております。一番外側に主動天球(primum mobile)があります。これは全天球の運行の原動力と考えられました。これら同心の透明な天球は、地球から遠ざかるにつれて周囲は大きくなりますから、それぞれの回転速度も違ってきます。そこで説はいろいろでありますが、ピタゴラスの説く所によりますと、各天球間に摩擦がおこり、これが美妙な調べを奏でたのであります (music from spheres/*Tw. N.* III. i. 107)。そしてそれぞれの天球は天上の「理智の霊」がつかさどり、それは丁度人間の肉体と精神の関係に似ております。さらに主動天球の上、つまり合計九つの天球のさらにもう一つ外側に、自然の力の及ばない至高天 (the Empyrean Heaven) があります。ここは神と天使達の世界であり、最後の審判の後に、神に選ばれた人達の住む世界、天国であります。

聖書によれば、神は天地創造の仕上げとして人間を造りました。天地の悉くが人間の為に造られたということであります。従って人間の地球上に占める面積は、大宇宙のなかの点にすぎないけれども、大宇宙に占める人間の役割は最も高いのであります。ハムレット役者が円形劇場「グローブ座」の張り出し舞台の先端、劇場のど真ん中に頭を天に向けて立ち、「人間とは何とすばらしい傑作だろう! 理性は気高く、能力は限りなく、動きは明快にして優雅、行いは天使のごとく、洞察力は神さながら、この世の美の精髄、生あるものの鑑!」と叫ぶとき、大宇宙の中心に天使のごとく崇高な姿で直立した人間の感動をよんだに違いありません。(*Ham.* II. ii. 300-6)。そしてレアティーズが父の死については「天地にとどろく恨みの声があげられている。是非ともこれに答えてもらいたい」とクローディアスに迫る時、大宇宙の雛形である劇場に漲る恨みの声、観客のすべてを取り込んだ声に、納得のいく説明が必要でした。「神聖な御加護の垣根がめぐらされている」神の代行者である国王が相手となれば、天地にとどろく宇宙的規模の恨みの声をもって対決するよりほかはなかったのであります。狂ったリアが、舞台の中央《荒野》に仁王立ちとなって天地を震《ふる》わす鳴神《なるかみ》にまっこうから向い、いのちを生み出す大地、自然の母胎、ぶあつく膨らんだ丸い地球(the thick rotundity o' th' world)(11) を、劇場と孕んだ女体にかけて、ぺちゃんこになるまで叩きつぶし、恩知らずの人間が生れでる種を残らず打ち砕けと絶叫するとき、これまた宇宙的規模のイメージで親不孝な娘たちを呪う凄まじさが観客に伝わった筈であります (*Lear.* III. ii. 1-9)。右に引用しましたハムレットのせりふからも分かることでありますが、ネオ・プラトニズム（Neoplatonism）と申しますが、人間は美の精髄、その洞察力は神さながら、能力は限りなく、この宇宙に漲る生命力を取り込み、自然の摂理に従って世界を新しく創り変えることも出来ると考えられました。真善美の三位一体を掲げるプラトンの思想が、東方の神秘思想なども組み入れてキリスト教思想に融合されて出来上がった、ルネッサンス期理想の人間像であります。そして宇宙の縮図としての劇場には、宇宙の神秘的な生命力が充満していると考えられたわけです。今日神秘図像のもつ不思議な力、たとえばピラミッド・パワー、五芒星や六芒星のもつ力などが屢々話題となりますが、その比ではなかったと考えられます。これと意味・内容が異なり少々ずれており余談になりますが、劇場に超自然の力が内在あるいは到来したという様なエピソードなども注目に価します。たとえば「海軍郷一座」の名優、エドワード・アレンがマーロゥの「フォースタス博士」の主役を演じていた際、伝説ですが、役者の悪魔に代わり本物の悪魔が舞台に現れたと言われております。アレンはこの為に一五九七年にいちど引退したということであります。この種の話が今日でも後を断たないのは、演劇と霊界ないし超自然界とのかかわりが大変深いように感じられます。たとえば一九五五年ストラットフォードのG・B・ショー（Glen Byam Shaw）演出ローレンス・オリヴィエ（Laurence Olivier）とヴィヴィエン・リー（Vivien Leigh）共演の『マクベス』で、マクベスの衣裳がはるばるスコットランドより届けられたが、オリヴィエの好みに合わず作り直しを頼んだところ、公演一週間前にマクベスの呪いの為にオリヴィエの声が出なくなったという話、また一九六七年同じくストラットフォードでのピーター・ホール（Peter Hall）演出の『マクベス』ですが、マクベスの野望をめぐり、それをキリスト教的道義をまっこうから無視したものととらえるホールとマクベス役のスコフィールド（Poul Scofield）の解釈がくい違ったことで、再びマクベスの呪いがかかり、ホールが重病となり公演日程が大幅におくれ様々な障害がおこったというような話があります。日本でもこの種のゴシップはあまたございます。

さて劇場のなかで「世界は舞台、人生は芝居」と言うことは、《世界劇場》という考え方からみますと、まさに大宇宙のなかに入れ子式におさまっている建て物のなかで、その原型であるこの世、つまり人生というこの世の実態をなぞっていることになります。人生に「自然の鏡」を向けているわけです。このせりふは古代ギリシャのピタゴラス以来くり返されてきましたが、シェイクスピアの作品について言えば、『お気に召すまま』の第二幕七場、ニヒリスティックなジェイクィズの言葉が最も頻繁に引用されます（AYL. II. vii. 139-66）。ここでジェイクィズは、人の一生を赤ん坊の時から始まって、小学生時代、恋する若者の時代、次に名誉欲旺盛な軍人の時代、それから大成しゅとりのある裁判官を経て痩せこけて間抜けな老年期、最後は「歯もなく、目もなく、味もなく、なにひとつない」第二の赤ん坊期で大詰めとなる七幕の芝居にたとえております。多かれ少なかれ人の一生とはこの様なものでしょうか。本日ここにジェイクィズの言葉をとりあげましたのは、人生の浮き沈みのなかに人間の哀れむべき弱い一面と、滑稽で笑うべき一面とがあることに注目していただきたい為であります。

マクベスは見えるだけで実際に存在しない世界の正体は、単なる幻想、無意味な影と悟りました。王冠も王笏も形だけは眼に映るが、なんの実質もないと悟りました。

あした、またあした、そしてまたあしたが、一日一日と小きざみにしのびより過ぎていく、さだめられた時の最後の一瞬まで。昨日という日はすべて、愚か者どもに、土と化す死への道を照らしてきたのだ。消えろ、消えろ、つかの間のともしび、人生とはただの歩く影、哀れな役者でしかない。ただ舞台のうえでの時間だけ、見得をきったり、暴れたり、それから後は噂もされず、アホウのしゃべる話のように、騒がしくたけだけしいが、意味は何もありはせぬ。

（V. v. 17-28）

これが自然に立ち向い、人の道を打ち砕こうとしたマクベスの絶望からの敗北宣言なのか、或いは人生を達観した証なのか、明快に断定することは困難でございます。敗北者の自嘲と人生否定が基調となっていることは確かでありますが、きれのよい鮮やかな語調には人生達観の響きが感じられます。否定は肯定、自嘲は達観という世界観こそ、マクベスらしい人生の結論のように思えます。天下の頂点に立った織田信長や豊臣秀吉もまた人生の岐路にさしかかり、人生を夢、まぼろしと詠じたが、果してそれが人生達観であったのかあわせて考えてみたいものです。[12] マクベスの場合には、ウェイン・ブース（Wayne Booth）[13] という批評家が申しておりますように、シェイクスピアはマクベスの人道に悖る冷酷な行為にも拘らず、マクベスをアリストテレス流の主人公に仕立てていると思えるふしもございます。気高い高潔な将軍であったマクベスが、魔女たちや妻など、外からの執拗な要求に直面して、《悲劇的な判断の誤り》を犯したと思える点であります。この為に観客はマクベスに同情し、その本来の人格の喪失を惜しむことになります。マクベスが果して高潔な英雄なのか、それともただの冷酷な悪党なのかは、『マクベス』解釈の長い歴史のなかでつねに問題となってまいりました。

人間の弱さ、瑕を背負いながら、北極星のように不動、厳然たる英雄像を目ざしたのはジュリアス・シーザーであります。『ジュリアス・シーザー』は一五九九年の作と考えられ、シェイクスピアの史劇から悲劇への転換を示す作品となっております。ローマ随一の英雄シーザーは、「人間の眼の届かぬ程に」たかく舞いあがろうとする勇者であり（I. i. 73–6）、その偉業は共和政治の終末と君主政体の確立を約束し、民衆にとっては恰も神のような存在でありました。しかしシェイクスピアはこの偉大な英雄を描くにあたり、その超人的な意志と才能を以ってしても、なおまぬがれ得ない、人間性の弱い一面に焦点をあてました。リチャード二世が言う様に「パンで生き、飢えを感じ、悲しみを知り、友を欲し、欲望に屈している身でありながら」（*Rich. II.* III, ii. 175–6）、いにしえよりの厳粛な法も子供たちの遊びのルールも見さかいのない烏合の衆のなかにあって、一人孤高を持し「厳然として侵すべからざる地位を保持」せんとしていた時、シーザーは凶刃に倒れたのであります。弱い人間が不当な荷物を背負わねばならなかったその最期に、悲壮な感動が湧くのであります（*Caes.* III. i. 58-71）。神のように天下の頂点に立とうとした矢先に本能寺に倒れた信長の場合に大変良く似ている気がいたします。

悲壮感は悲劇につきものでありますが、シェイクスピア悲劇では、主人公の心は高められ浄化され、その人物像の矛盾は止揚（Aufheben）されて人間の尊厳を擁護するのが特色となっております。シェイクスピアは、人生の自然な姿に鏡を向け、人間の弱さ、愚かしさを素直にとらえてその様々なモザイク模様を映し出し、一つ一つのモザイクに夫々個性的特質を与えながら、しかも全体として調和統合された芝居という大枠のなかにおさめる達人でありましたが、悲劇では受動的、感情的、情緒的ペーソスのなかに人間の尊厳をうたいあげたのであります。四大悲劇の主人公たちはその良い実例であります。他方喜劇では、主として人間の誤解に基づく連想の世界（imagination）、夢の世界（dream）が強調されます。現実と夢の世界のギャップを笑いのなかで認識しながら、絶えず夢を追う人生の一面もまた、人間の自然な、無防備の姿から得られる、血の通った暖かい感動をよぶシェイクスピア喜劇を生んだのであります（*Temp.* IV. i. 156-8）。ここでは新しい発見により、混迷した謎や誤解が解け、或いは許しによる和解が成立して、多くの場合《婚礼》という形で新しい門出を祝うハッピィ・エンディングを迎えます。従って悲劇の幕切れが燃えつきた人間の終末に訪れる悲壮感をともなうペーソスのなかに、人間の尊厳を強く印象づけるのに対し、喜劇の幕切れは一応のふし目をつけながらも、未来を志向する終り方となります。もちろん悲劇の終末における主人公の精神の高揚や魂の浄化も未来を志向しますが、それは《来世》を目ざしたものとなります。アントニィやクレオパトラはもちろん、ハムレットやリアの場合もそうであります。しかし喜劇の幕切れは芝居のなかの導入部から展開部へと続いてきた混沌の世界から、縺れが解け明るい日ざしをうける現実の世界への復帰であり、役者全員がうち揃ってのフィナーレのように、お祭り気分がただよいます。イタリア喜歌劇でストレッタ（stretta）の早いテンポでたかめられていくはなやいだ終止効果に似ております。

シェイクスピアは喝采を浴びることもなく突然に舞台から退場してしまったと言う学者がおります。そして最後まで筆を擱くことをしなかった文人として、散文のシェイクスピアとも言われるヘンリィ・ジェイムズ（Henry James, 1843-1916）が屡々対照的に引き合いにだされます。シェイクスピアが一六一一年最後の作品『あらし』を書いた後、おそくとも一六一二年五月までには、一五九七年五月四日に購入しておいたストラットフォードのニュー・プレイスに引退していたことは確かであります。シェイクスピアの引退については屡々『あらし』のなかでのプロスペロゥのせりふがその根拠とされます。

だが、このきびしい魔法の力をここに捨てよう。そしていまから天上の音楽を奏でさせ、この空気の精の魔法をかけて彼らを正気にかえらすという、わたしのもくろみを果し終えたなら、わたしはこの杖を折り、地の底幾尋も深く埋め、この書物は測量の鉛がかつてとどいたこともないほどに、海の底深く沈めようと思う。

Temp. V. i. 50-7.

このせりふが、シェイクスピアの引退について言及しているという証拠はございませんが、これ以後にシェイクスピアは単独で作品を書いておりません。果してシェイクスピアは新しく台頭してきた二人の劇作家ボーモント（Francis Beaumont, 1584-1616）とフレッチャー（John Fletcher, 1579-1625）の合作悲喜劇の人気に圧倒され、力つきて創作意欲を失い、悲壮な引退を決意したのでしょうか。わたくしは「ノゥ」だと思います。『あらし』には旺盛な創作意欲が感じられますし、プロスペロゥも旺盛な魔法力を存分に駆使して、その能力満開のときに魔法をすて、その杖を折ると宣言しているのでございます。これは万能の魔法も神の摂理を思えば、ただのまぼろしに過ぎないと悟ったプロスペロゥの言葉と考えるのが最も良いでしょう。(14)「事を計るは人、事をなすは天」の真理を身をもって体験したハムレットがいっさいを天の摂理に委ねた心境であります。(*Ham.* V. ii. 6-11; V. ii. 212-7) 従ってシェイクスピアは、ニュー・プレイスへの引退について、喜劇の幕切れにふさわしい、未来志向の退場を期待したと考えられます。「折あるごとに墓を思いて…」という終幕でのプロスペロゥの言葉に弱気になったシェイクスピアが感じられなくもないのですが、かりにこれらの言葉が作者シェイクスピアの心情を示すものと解釈することが許されるとすれば、それは決して人生の終末を否定的にとらえたものではなく、むしろ人間に必ず訪れる厳粛な事実としての死をつねに忘れることなく、余生を有意義に積極的に生きていこうとする決意を表わしたものと、私は考えたいのでありです。事実シェイクスピアはニュー・プレイスに引退後も、財産の管理維持や贈与という様な現実的な問題に対してはもちろん、知的活動にもなお積極的でありました。一六一二―三年には、後にフレッチャーの補筆による合作となった『ヘンリィ八世』(*Henry VIII*) や『二人の血縁の貴公子』(*The Two Noble Kinsmen*) を書いております。また『欽定訳聖書』(*King James Version*, 1611) は五四人の訳者が六グループに分れて一六〇四年に始められましたが、一六一〇年には翻訳の総仕上げがなされておりました。旧約の詩篇やソロモンの詩の翻訳にあたり、音調など言語上の問題については教会に属する学者ばかりでなく、一般の詩人、学者などにもその検討が依頼されたと言われておりです。シェイクスピアとベン・ジョンソンもこれにかかわったと言われておりますが、当時を代表する二人の詩人にしてみれば当然と考えられます。四六歳のシェイクスピアが旧約聖書の「詩篇四六」のなかで、たんに楽曲上の指示用語となっているヘブライ語の「セラ (selah)」を除外すれば、始めから四六番目の語に《シェイク》の語を、終りから四六番目の語に《スピア》をいれたというエピソードは、できすぎた話ではございますが、これを全く否定する根拠もなく、引退後のシェイクスピアが、社会に要求された多忙な知的活動の一面を示している様にも考えられます。(15)この様に考えてまいりますと、シェイクスピアは『あらし』のエピローグのなかで観客に第二の人生への支援と励ましを願っておりますが、それは宇宙を取り込んだ《世界劇場》のなかで、神に向かって発せられた願いと祈りの言葉でもあったと解釈できる様な気がいたします。シェイクスピアの退場は悲壮なものではなく、未来を志向する喜劇の幕切れであったと考えられるわけでございます。そして私も同じ思いで皆様のご支援とお励ましをお願いいたしたく思います――。

エピローグ

プロスペロゥがのべる。

さてわたしの魔法はみな消えました、
残るはわたしのか弱い力ばかりとなりました。
ここに残るもナポリに戻るのも
皆さまだけが頼りです。
だが後生です――こうして公国を手にいれ、
罪を許したわたしです、
この不毛の島に残るなど
魔法をおかけにならぬよう、
皆さまからの拍手と、やさしい讃辞を背にうけて、

いっぱいに帆を張ることが願いです、
さもないと台無しと成り果てまする、
お楽しみいただこうとしたこの企て。
今では使いの妖精たちも去り、
もはや魔法もかけられず、
幕切れは絶望のみとなりました、
これをのがれる道はひとつだけ、
祈りによるしかありません、
祈りは雲を突きやぶり、天にとどくと言われます。
罪の許しに皆さまが、神のご慈悲を願うよう、
わたしの自由を皆さまの、ご慈悲にこうしてすがります。

ながい間ご静聴いただきましてありがとうございました。

〔一九九三年一月二二日脱稿〕

〔本稿は一九九三年一月二七日（水）、理工学部大会議室でなされた筆者の定年退職記念最終講義の原稿であります・日吉紀要『英語英米文学』No. 22所収〕

注

(1) William Hart (d. 1616) に嫁ぎ、シェイクスピア亡き後、ストラットフォードにあるシェイクスピアの生家 (the Birthplace) に住んだジョウン (Joan) は John Shakespeare と Mary の第五子、シェイクスピアの妹である。この妹の Joan は一五六九年四月一五日に受洗し、一六四六年一一月四日に埋葬された。なお夫の William Hart は義兄であるシェイクスピアよりも丁度一週間早く、一六一六年四月一七日に埋葬されている。F. E. Halliday, *A Shakespeare Companion* (London, 1952), pp. 263, 582, 717.

(2) 詳しくは O. J. Campbell & E. G. Quin (ed.), *The Reader's Encyclopedia of Shakespeare* (New York, 1966), p. 941 参照。

(3) E. K. Chambers, *The Elizabethan Stage*, vol. IV (Oxford U. P., 1951), p. 270. 小津次郎『遺書を書くシェイクスピア』(岩波書店、一九八九)、pp. 82-87.

(4) 小津次郎、前掲書、pp. 126-136. 石川 実『シェイクスピア四大悲劇』(慶應義塾大学出版会、一九八九)、pp. 26 ff.

(5) Anthony Burgess, *Shakespeare* (London: Jonathan Cape, 1970), pp. 108-9. 小津次郎『シェイクスピア登場』(紀伊國屋書店、一九八九)、pp. 16-22.

(6) 小津次郎『遺書を書くシェイクスピア』(岩波書店、一九八九)、pp. 47-74, 103-110.

(7) わが国の歌舞伎脚本発生の頃 (一六六四年以後) の状況も同様であり、やがて近松の台頭を促したと言えよう。

(8) F. A. Yates, *Theatre of the World* (Routledge & Kegan Paul, 1969). なお邦訳 (藤田 実、晶文社) には原注のほか、訳者による詳細な注が加えられており貴重である。

(9) F. A. Yates, *op. cit.*, pp. 132-5, 166-8.

(10) Richard Southern によれば、既に中世宗教劇に円形劇場の原型があったと考えられる。*The Open Stage* (London, 1953); C. W. Hodges, *The Globe Restored* (London, 1968), pp. 27-29.

(11) Kenneth Muir (ed.), *King Lear* (The Aeden, 1972), p. 100. "Delius thinks that from the context 'the roundness of gestation' as well as the sphere of the globe is here suggested."

(12) 信長は「桶狭間の戦い」を前に「人間五十年、下天《げてん》の内をくらぶれば、夢幻《ゆめまぼろし》のごとくなり。一度生を得て滅《めつ》せぬ者のあるべきか」と歌ったと言われる。(『信長公記《しんちょうこうき》』)

(13) 石川　実“Macbeth”,『英語英米文学』No. 18, pp. 13 f.

(14) 石川　実『シェイクスピア劇の世界』(慶應義塾大学出版会, 一九八三), pp. 127.

(15) Anthony Burgess, *op. cit*., pp. 233-4.

"God is our refuge and strength, a very present help in trouble.
Therefore will not we fear, though the earth be removed, and though the mountains be carried into the midst of the sea;
Though the waters thereof roar and be troubled, though the mountains *shake* with the swelling thereof. Selah.
There is a river, the streams whereof shall make glad the city of God the holy place of the tabernacles of the Most High.
God is in the midst of her; she shall not be moved:
God shall help her, and that right early.
The heathen raged, the Kingdoms were moved: he uttered his voice, the earth melted.
The Lord of Hosts is with us; the God of Jacob is our refuge. Selah.
Come, behold the works of the Lord, what desolations he hath made in the earth.
He maketh wars to cease unto the end of the earth; he breaketh the bow, and cutteth the *spear* in sunder; he burneth the chariot in the fire.
Be still, and know that I am God: I will be exalted among the heathen, I will be exalted in the earth.
The Lord of Hosts is with us; the God of Jacob is our refuge. Selah.

あとがき――翻訳のこと――

文学を楽しむにもいろいろなアプローチがある。作品を読む、作品を書く、作品に描かれた場所を訪ねたり、様々なやり方で作品の追体験のようなことを通して、作品と深くかかわってみるという具合になろうか。

シェイクスピアをもう四〇年ほど繰り返し読んで来たのだが、テーマや構成、性格描写、イメジャリ、時代背景など、どの様な文学的視点からでもそれぞれに楽しみが湧いてくる。翻訳という作業も、作品を広く深く肌で楽しむにはうってつけである。とくにシェイクスピアのように比喩表現や、暗示に富む言葉のあそび（wordplay）などが多い作品ではなおさらである。

シェイクスピアの人間観察の緻密なことには、つねづね感心してきたのだが、今回抄訳ながら原作の翻訳を手がけてみて、その思いをいっそう深めた。原作を日本語に移し変える作業のなかで、日英の文化の違いから生じる微妙なみぞは当然予測されるのだが、そこにいわば寸刻みと言ってよいほど細かに、人間の行動や思いを観察しているシェイクスピアの目が感じられるのである。

シェイクスピアのせりふの意味の深さ、絶妙な持ち味といったことについて、以下本書に訳出された幾つかの実例を示しながら解説してみたい

『お気に召すまま』の〔舞台5〕、ロザリンドが時の流れは様々な人によりその速度を変えるというせりふ。「婚約し

て婚礼の日を待つ若い娘御には跑足《だくあし》です。その間ほんの七日間でも、時の跑足で揺《ゆ》さぶられるので辛抱できず、七年ほどにも思われます」というくだり。ここには婚礼の日を待つ娘の心情がまことに微妙に描かれていると思う。それは嬉しいというばかりではない。これまで一緒に暮してきた親と別れ、今まで他人として全く違う家で育てられてきた男性を夫として、新しい家庭をもつということには、喜びとともに環境の変化に対する様々な、或種の不安が感じられるであろう。喜びと不安の交錯した心境であろうか。一日千秋の思いとは明らかに違うはず。一方『ロミオとジュリエット』でのいわばバルコニイ・シーン〔舞台4〕、別れの際《きわ》に、ジュリエットが明日の九時頃に使いを送ると約束するせりふには、ジュリエットの一日千秋の思いがこめられている。「必ずそういたします。それまでまるで二十年もあるように思えます」と。シェイクスピアは、そのときどきに応じた娘心を敏感にとらえている。

この様に人間の細かな心情や行動を適確に描出しているせりふが随所にみられるので、観客（読者）は、しばしば自分の心の奥底を見透かされているような気になってしまう。これがシェイクスピア劇で体験される際立った特色でもあるのだが、タッチストウン流に話をすすめるなら、シェイクスピア劇に出てくる人物は、みなそれぞれ姿を変えてわれわれのどこかに潜んでいるような気がしてくる。そして人間を細かに観察しながら、実は自分自身の姿を鮮やかに映しだしているのだと気づく。文学の根底にあるものは人間をとことん深く見つめていくことだとするなら、シェイクスピアを通して文学鑑賞の扉が広く開かれるということになる。

シェイクスピアは様々なかたちの言葉のあそびのなかに、人間観察の鋭い眼力をにおわせている。言葉のあそびには、洒落《しゃれ》や地口、語呂合わせと言われるものから、たとえば森、どんぐり、大地、土埃《つちぼこり》というように、イメージが芋蔓のようにつぎつぎに連想されるようなものまで考えられる。この様なことばのあそびは、シェイクスピアの時代には盛んに行われ喜ばれた。十八世紀の初頭、正確な表現が好まれた時代には、軽蔑されたこともあったのだが、今日ではまた人々の好むところとなり、シェイクスピアが意図しなかったと思われる箇所にまで、過剰に洒落を読みこむことが、かえって分かり易くなるという傾向さえみられる。

『お気に召すまま』でオリヴァが忠実な老僕アダムを追い出す場面。「おまえもいっしょに出て行け、この老いぼれ犬」、〔アダム〕「老いぼれ犬ってえのがわたしへの捨《す》て扶持《ぶち》でござんすか?・」。今まで主《あるじ》に忠実に従ってきた「犬」が、年老いてもやはり役に立たなくなったから、捨ててしまうというわけなのだが、訳出にあたっては「老いぼれ犬」という隠喩のなかに、「捨てる」への洒落を読みとったのである。そこで英語の reward（償い、報酬）には、アダムの皮肉たっぷりな当て擦《こす》りがあるのだから、「捨て扶持」がいちばんあろう。

翻訳にあたり、よく熟した慣用表現があれば、コンテクストに合わせて、柔軟大胆に移しかえるのがいちばんである、たとえばハムレット第一の独白。前王の父と現王の叔父とをギリシャ神話の「ヒュペリオンとサテュロス」にたとえているが、ギリシャ神話に馴染みがうすいわが国では、「月とすっぽん」などとするほうが分かり易い。だがいずれ訳者の思いいれというものがそれぞれにあるので、表現の陳腐さ加減、新鮮味などから、期待通りの効果があるのか、或いは文脈のイメージに合っているのかなど、様々に考えることになる。

『お気に召すまま』〔舞台5〕、シーリアがロザリンドのひたすら思う人、オーランドゥに会った時の様子を話している場面だが、ロザリンドが口早やに問いかけるのに答えてシーリアが言うせりふ、「恋する人の問いにいちいち答えることを思えば、宙に舞う埃《ほこり》だって数えあげられるわ」である。日本では古来から「恋する心」のおびただしさを強めるのに「浜の沙《まなご》」を引き合いに出すことがおおい。『万葉集』の一首がよく知られている、「八百日《やほか》行く浜の沙《まなご》も我《あ》が恋にあにまさらじか沖つ島守《しまもり》」、〔笠女郎《かさのいらつめ》〕。限りなく数の多い「浜の沙《まなご》＝砂《まさご》」をさらに強めて、行きつくのに八百日もかかる浜の砂も、わたくしの恋のおびただしさには到底勝てないと詠んでいる。万葉の秀歌に裏打ちされたこの表現に魅力を感じながらも、原作の atomies ＝ motes「空中の埃」を、そのまま取り込んだのは、新鮮な驚きを期待したのと、どんぐり、森、大地、の文脈にふさわしいと思ったのである。

また国が違い、時代が違い、風習も違うために、われわれに不案内な表現の訳出にも苦労する。『ハムレット』〔舞台5〕、原作では"you nickname God's creatures"という簡単な文章なのだが、ここで"nick-name"は「みだらな、あまのじゃくな綽名《あだな》をつける」という意味に使われているので、はじめ「神のお造りになったものを綽名でよび、みだらにする」と訳してみたが、平板で面白くない。いまひとつ原作の意味がはっきりしない。これは当時、婦女子が気取って、卑猥《ひわい》なものに果物や野菜の名をあてて、婉曲に言ったことをさしているのだが、「みだらにする」と余分な説明文も補足せずに、なんとか原作の味がだせないものか。語呂合わせから、「徒《あだ》なる名で呼ぶ」が浮かんだ。徒名《あだな》（＝浮名）まごころがない。むだな……などを示唆し、同時に綽名《あだな》との洒落をきかしたのだが考え過ぎかもしれない。ハムレットが本当は誠実であるはずと同情しながら、故意に邪険になっていると考える訳者のこだわりからで、発想の根底には『古今集』の「あだなりと名にこそ立てれさくら花年にまれなる人も待ちけり」がある、（まごころがないという評判こそたっているけれども、桜の花は一年のうちでごくまれにしか来ない人も待っていたのですよ）。所詮訳者のひとりよがりかもしれないが、翻訳という作業のなかでの楽しいあそびである。

もう一つ苦渋の訳例、『十二夜』〔舞台3〕、ピューリタンの様に尊厳ぶるマルヴォーリォに、サー・トゥビィがどうして人生の快楽（cakes and ale）がいけないんだとたてつくと道化がすかさず相槌をうって加勢する。"Yes, by Saint Anne, and ginger shall be hot i'th' mouth too."と。ここで「聖アン」（Saint Anne）に切れのよい言葉のあそび（quip）があり、ピューリタン（Saint）ぶるマルヴォーリォを怒らせるには打って付けの言葉なのだが、これをどう訳出できるか。「石部金吉にかけて」では滑らかな切れが鈍るし、また「聖——」の馴染みもうすいのでこれは無理と考えた。幸いに生姜には日英に共通するものがあって、日本でも生姜湯は熱い飲み物だし、老婆の好むものとなっているようなので、「しょうがねえ〔ことを言う奴〕」と「ショウガ湯」の語呂合わせでつぐなうことにした。「人生の快楽は誰だって、〔老婆だって〕いつまでも味わっていたいのだ」の含みをもたせたいのだがたいへん難しい。

語呂合わせの難しい場合としては、英語の同音異義語が生かされているときである。『お気に召すまま』の、さきほど「浜の砂」を問題とした場面だが、シーリアが「あの人（オーランドゥ）は狩人の姿をしておりました」と言うと、ロザリンドがすかさず口をはさむ、「まあ不気味！　あの人、私の心を仕留《しと》めようというんだわ」と。原作では“He comes to kill my heart.”で、もちろんオーランドゥの放つキューピッドの矢で胸を射抜かれる、突き刺されることなのだが、「狩人の姿」をうけて、「鹿（hart《ハート》）を仕留《しと》める」と洒落をきかした。「心」と「鹿」の語呂合わせを「仕留める」で暗示するのが精一杯であろうか。

さらにコロケーション（collocation）から生まれる言葉のあそびがある。『お気に召すまま』〔舞台3〕、アーデンの森への逃避行に疲れ果てたシーリアが気落ちして言う、「ごめんなさい、わたしのわがまま、辛抱して。もう歩けないわ」と。タッチストゥンが洒落を飛ばす、「おれは辛抱するよ、あんたを担ぐ心棒になるよりましだ。あんたを担ごうにも軸足が辛抱できないね、それというのはあんたの財布の中にゃ、お足がないと思うんでね」と。原作では bear with：辛抱する、bear：担《かつ》ぐ、bear no cross：コインが貰えない、をうまく配置して使い分けている。訳出にあたっての工夫は、原作の“no money in your purse”も取り込んで、「心棒」、「軸足」、「お足」と語呂合わせを考えたわけである。

対照語や比較節などにもシェイクスピアが言葉のあそびを意図していると思われる箇所が少なくない。ロミオがベンヴォーリオやマーキューシオウたちと連れだってキャピュレット家の舞踏会に繰り込むときのせりふに、言葉の対照の妙が生かされている。「ぼくに松明をくれ、踊れる気分ではない。心が暗いのだから、明かり持ちになるのが似合いだよ」と。そしてひきあげる際には、ベンヴォーリオウが「さあ帰ろう、楽しみもここらが極まるときだ」と言うと、「そうだ、それでぼくの不安は極まりないようだ」と応じた。原作では“the sport is at the *best*.”に対し the more is my un*rest*. と比較節で脚韻を踏み、sport（楽しみ）と unrest（不安）の対照の妙味を浮き彫りにしている。

この様に、シェイクスピアは一つの言葉を軸にして、話を様々な方向に展開させることがおおいのだが、英語を使わない読者や観客は屡々これを見落としてしまう。格別な工夫がいるわけである。

訳文をどの様なスタイルにするかも、訳者が決めなければならない大切な項目である。作品を一つに統合された完全な形として緻密に読んでいくうちに、その全体像が浮かんでくるわけだが、それを鮮やかに分かり易く提示するというのが、訳文のスタイルを決める鍵となる。シェイクスピアの場合、その特殊性を無視してまでことさらに現代日常語に近づけることには抵抗がある。というのは、たとえば男女の仲のあり様にも、今日ではひと昔前とは大分違いがあるように思える。事の真偽はさておいて、今日では切ない恋に胸を焦がすというより、恋とは温泉につかってリフレッシュする様な、いっ時の幸せと考えるような男女も増えていると聞いている。また若い人々の殆んどは絶えず携帯電話を手にしており、何時でも何処でも自由に思う人に語りかけている。この様に『ロミオとジュリエット』や『お気に召すまま』、『十二夜』などに描かれている様な恋の雰囲気が、およそ稀薄になった人々の間で、現代日常語は生きているわけである。従ってシェイクスピア劇を傑出した文学作品として、できるだけ的確に、含みをもたせながら原作の持ち味を伝える為には、また異質の表現によるほうが良いのではないかと思うのである。

またシェイクスピアが生きた時代背景なども、表現のなかに生かしたいということがある。文学作品を歴史的な視点から読むということは、一九世紀から二〇世紀初頭にかけて盛んに行われたのだが、今日でも作品の解釈に厚みを加える為には、無視できないファクターと思っている。

さらに決定的なことは、シェイクスピアに限らず、文学作品というものは生の言葉、明快な日常語だけから成り立っているのではないという事実である。暗示に富む表現が多いということである。まして戯曲ともなれば、作劇上での様々な制約があるわけで、生の現実そのままを舞台にかけるわけではない。それは文学上のある定まったテーマをもつことが多いのだが、飽くまでもつくられた世界なのである。様々な修辞的技巧を駆使しながら、示唆に富む言葉で少しずつ構築されていく世界である。

従ってわれわれは実生活で手紙を読んだり、或いは社会の出来事を新聞紙上で読むような気分で文学作品にあたることはない。衝撃的な社会的事件のあと、時がたち人々が少し落ち着きをとり戻したとき、示唆に富む言葉で、少しずつ新たに構築されていく枠のなかで、人間がどの様に行動するのか、どの様な思いに駆られるのか、細かに提示されたとき、人は現実の出来事をじかに見たり聞いたりした時よりも、はるかに深く悲しみ、恐れ、感動する。つまり生の現実を、われわれの感動をよぶ形で再構築してくれるものが、文学作品であり、或いは芸術一般の作品なのである。

蛇足ながら昨年九月十一日のニューヨークでのテロの大事件。メディアによる報道は世界中の人々に大きな衝撃を与え、人々はうろたえた。だがやがて半旗が掲げられ国歌が歌われ、「ゼロ地帯」「美しいニューヨーク」「自由と文明への挑戦」と、つぎつぎに示唆に富む言葉が行き交うなかで、まだ生々しい傷あとの衝撃は感動をよび、その映像は世界の人々に感動の輪を広げ、テロとの戦いに団結させた。世界貿易センターの廃墟に立つ、ブッシュ大統領の演説は、まるでシェイクスピア劇『ジュリアス・シーザー』のなかで、無残に暗殺されたシーザーの亡骸《なきがら》を前に為されたアントニィの演説のようであった。だがこれがただのドキュメンタリィ、つまりただ事件の記録だけにとどまるならば、繰り返し放映されるうちに、やがて感動はうすれ、時の合言葉も意味をうしない、事件は忘れ去られるであろう。シェイクスピアの作品が、今日も深くわれわれの心を打つのは、それがただシーザーの暗殺事件の記録にとどまらず、それをとりまく人々の、ごく日常的な喜怒哀楽の生活のなかに、人間のあるがままの姿、葛藤の姿を鮮やかに描き出している為である。文学作品は読むたびに新たな感動をよぶのだが、文学・演劇が人々を動かす原動力となることはまた諸刃《もろは》の剣でもある。グロゥバリゼーションが加速されている今日、文学はもとより、芸術一般の果す役割が大きいことに変わりはない。生の現実をエネルギィとして、人を動かし社会を動かすのも、文学や芸術の活動なのだから。

本書を執筆したことで、また新しいシェイクスピアに出合い、新しい感慨に浸っている。

平成十四年一月

石川 実（いしかわ　みのる）

慶應義塾大学名誉教授

1927年茨城県生まれ、慶應義塾大学大学院文学研究科（修士）修了、慶應義塾派遣留学（ケンブリッジ大学）、慶應義塾大学助手、助教授を経て、1978年4月から慶應義塾大学理工学部教授。1993年4月～1998年3月、東京家政学院大学人文学部教授。

〔著書〕

『現代英文法――統語論』（篠崎書林、1969）、『シェイクスピア劇の世界』（慶應義塾大学出版会、1983）、『シェイクスピア四大悲劇』（慶應義塾大学出版会、1989）ほか。

（寄稿論集）『英米の文学と言語』（篠崎書林、1981）、『シェイクスピアの四季』（篠崎書林、1984）、*Shakespeare Worldwide*（雄松堂、1989）ほか多数。

新体 シェイクスピア

2002年6月11日　初版第1刷発行

著訳者――――石川　実

発行者――――坂上　弘

発行所――――慶應義塾大学出版会株式会社

郵便番号　108-8346　東京都港区三田 2-19-30

TEL　［編集部］03-3451-0931

［営業部］03-3451-3584〈ご注文〉

〃　　03-3451-6926

FAX　［営業部］03-3451-3122

振替　00190-8-155497

URL　http://www.keio-up.co.jp

装　幀――――永原康史

印刷・製本――三協美術印刷株式会社

© 2002 Minoru Ishikawa

Printed in Japan

ISBN4-7664-0921-3